私と鰐と妹の部屋

大前粟生

書肆侃侃房

私と鰐と妹の部屋　＊　もくじ

装幀・装画　惣田紗希

私と鰐と妹の部屋

妹の右目からビームが出て止まらない。流星群の日に、ふたりで「かっこよくなりたい」と流れ星にお願いをしたからだ。救急車を呼んだけれど、「手立てはない」と医者はいう。仕方がないので、私は妹の右目を手で押さえつづけている。いったいどういうわけか、私の手だけが妹のビームを抑えることができる。私たちは離れることができない。病院から帰ってしばらくは歩行や生活の練習をする。

私とちがって妹には友だちが多い。みんな仕事終わりの夜遅くにきてくれる。私と妹は流星群の翌日に仕事をやめてしまった。ふたり一組になって、私たちはお互いの職場にいったのだ。「姉です」または「妹です」と紹介すると上司は歓迎してくれたが、すぐに気まずそうにしはじめた。なんで姉または妹が職場にきていて、姉が妹の右目をずっと押さえつづけているのか？

「ビームが出るんです」私たちは正直にいった。私の上司はぽかんとし、妹の上司は笑ったが、最終的にはどちらも怒ったので、私たちはいつか上司のロッカーをビームで焼きたいと思った。

妹の友だちはビームのことを知っていて、しきりに「お姉さん、お姉さん」といってくる。「はいはい」と私はいい、手を妹の右目からほんの少し離す。ほんの少しだけだ。すると妹の右目から赤い光が、ゴムのように私の手のひらまで伸びてくる。五センチ――これが限界の距離、私が妹の右目から手を離すことのできるぎりぎりの距離。その五センチのあいだで、赤い光が爆発しているように膨れ、部屋中を光でいっぱいにする。「おおおお」と友人たちはいう。携帯電話を取り出してしきりに写真を撮るが、あまりにまぶしくてなにも写らないほどの光。

友人たちが帰ったあと、妹はぶるぶる震えている。肩で息をして、えずいている。たった五センチでも、妹には相当のストレスだ。妹はがんばっている。目からビームが出るということが、ちょっとでも冗談みたいになればいいと思って。「いつか、堂々とビームを撃てたらいいね」と妹がいう。いつか、私たちは山を登りたい。暗やみのなか、妹が真上を向き、私が手をぜんぶ離すのだ。赤いビームが空まで伸びて、雲をえぐっていく。「宇宙まで届いてるかなあ」「届いてるよ。何光年先の人にも見えてる」目元の光で妹の顔は見えないけれど、微笑んでいてくれたらうれしい。しばらくそうしたあと、私が手のひらを妹の右目にかぶせても、光は消えない。何十、何百、何億光年先にいる人たちには妹の光が見えていて、私たちといっしょに微笑んでいてくれたらうれしい。

ムキムキ

当時私は六歳か七歳の悪魔的な女の子だった。思い通りにならないことがあると暴れた。そのときはねむたかったのにねむることができなかった。私とママは電車に乗っていて、私はねむいと泣き喚いていたのにだれも席を代わってくれなかった。私はドアをばんばん叩いた。地団太を踏み、ぴょんぴょん飛び跳ねていた。そのせいで降りる駅で降りられなかった。ママが私の腕を引っ張り、「ぎゃくたいぎゃくたいぎゃくたいぎゃくたいぎゃくたい」と私は叫んだ。ママは青ざめて隣の車両に移った。私はしばらく窓ガラスに映る自分を見て鼻くそをほじっていたが、飽きてきたので白目を剝きながらママのあとを追った。「おそろしい子」とママはいった。もうお菓子買ってあげないからね、とママはムキになって、もう一度ムキになって、するとムキムキになった。ぼんっとポップコーンができあがる音を立てて膨らんだ筋肉にママ自身驚いていた。けれどママはポップコーンではないのだ。もっとずっと硬くて、大きくて、大きい。服が、ママのムキムキに内側から押されて弾け飛んでしまった。失敗したポップコーンみたいに。その車両はママでぱんぱんになった。

怒らせたことでママがムキムキになったのだから、その逆をすればいいのではないかと私たちは話し合い、私はママを悲しませることにした。「ママいい？　いくよ？」ママが頷くと、それだけで空気が鞭みたいに飛んできた。すごい筋肉。「プリンが、勝手にたべられている……」効かない。「しゃっくりが止まらない」効かない。「スマップが」と私はいって、それからママの耳元で囁いた。「解散する」ひっ、と悲鳴をあげて、ママは手で顔を覆った。でも効いてない。筋肉に変わりはない。「うーん、わたしが死ぬ」ママはおんおん泣き出した。「ごめんね」そういったのは、私ではなくてママだった。「ママ、わたし死なないよ。おばあちゃんになっても、病気になっても、車にはねられても、一億年たっても、わたしは絶対、死なないから」私はそう怒鳴った。六歳か七歳の私は、この世界には私を支配しようとする諸々のルールがあるのだということに気づきはじめたところだった。私は私が死なない最初の人類になると、決めた。

それで、ママがそれからどうなったかというと、どうにもならなかった。身動きが取れないほどムキムキのまま車両に閉じ込められて駅に降りられず、最初の何日かは沿線を往復しつづけた。今やこの町の名物だ。ママはテレビに出て、本を出し、映画化された。お金がいっぱい入ってきて助かる、とママはいった。私もお金が好きなので、ママとハイタッチした。

ものを溶かす汗

興奮すると足の裏から特別な汗が出た。ものを溶かす汗だ。

はじめてその汗が出たのは小学生のとき。体育の授業で、子どもたちは市民公園の隅にある鉄棒の前に集められた。さかあがりをさせられた。「さかあがりなんて、でけへんでもええからな」体育の先生は子どもたちに挫折感を抱かせないためにそういって、さかあがりができた子どもには拍手して、できなかった子どもには、どんまい、といって、それから同じように拍手した。先生とクラス十八人が、鉄棒を摑んでいるひとりに向かって拍手した。

私はさかあがりできなかった。土を蹴って、目に映る景色をぐわんと動かし、体操服がお腹からはみ出し、つめたさと体重を感じると、地面に引き戻された。先生と子どもたちが私を見て、雨や火の音のような拍手をして、どんまい、どんまい、といっている。悔しかった。

その日の授業が終わると、私はひとりで市民公園にいって、さかあがりの練習をした。何十回と土を蹴り、空を見た。ななめに走る視界のなかで、夕陽が痙攣し、雲の色が温かいものになり、静まり、去っていった。公園の電灯が点いて私を照らした。目の前の土は抉れ、手のひらからは鉄のにおいがした。母に持たされていた、おばあちゃんのと同じ携帯電話からメロディが鳴った。その音楽のなかで、私はさかあがりをすることができた。目の前にはだれもいない。だれも拍手していない。だれにも見られていない。私だけのよろこび。私だけのもの。音楽が止むと、心臓の音が聞こえる。

このことを覚えておこうと、私はしばらく立ち尽くしていた。サッカーボールが転がってきて、私の脛にあたった。大学生か、高校生みたいなひとたちが、手を振っている。蹴り返すために、足の裏でボールを手繰り寄せたとき、サッカーボールが萎んだ。穴が開いたところに向かって内側に丸まって、縮んでいった。花が枯れるみたいで、空気が漏れる音がする。足の裏を見ると、私の靴の底にも穴が開いていた。見ているとじんわり広がっていった。そこから、輝く汗が漏れてきた。地面に垂れると、土も溶けて、虫が踊り出してきた。こわくなって、私は駆けた。

平泳ぎができた、中学受験、告白された。興奮することがあると、足の裏から特別な汗が出てものを溶かした。私は代えの靴を常に持ち歩いた。お小遣いが少なかったので、ホームセンターで買った一〇八〇円のもの。高校生になってアルバイトをはじめると少し高い靴を買うことができた。

トイレで他の女の子たちがかばんからポーチを取り出す。私は靴を出して履き替えた。はじめてのデートのとき、靴を三足持っていった。どの靴も代えにするには惜しいお気に入りの靴だったのに、私の靴が変わったことに相手は気づかなかった。そういうことは何度もあった。靴や、足の裏の汗に気づく相手もいたが、最初の反応は戸惑いだった。私は家でも靴を履いている。家族は私の体質を知っていて、私は自分の部屋で、漫画を読んだり映画を観たりして、自分ひとりのために興奮して、高い靴に履き替えるのがいちばん好きだ。

世界ブランコ選手権こどもの部決勝戦

私とレイナはとても高いところにいた。ブランコに乗っていたからだ。ふたり乗り。私が下で、レイナが上。私はレイナが立ち漕ぎするスペースを確保するために、膝の裏をひっかけるようにしてブランコに座っていた。漕ぐ度に鎖と擦れて、ちぎれた方がましだと思うほど手が痛かったが、離すわけにはいかなかった。落ちたら死ぬ。

レイナの顔は高さで青ざめていた。私はレイナに表情を見られないように首を反らし、景色を逆さまにみていた。だからブランコ酔いをしていて、ゲロ吐いちゃいそうだ。頭が地面にぶつかると速度でもげてしまうので、ブランコが下りてきたときには私は顔をあげた。それでも髪の毛が地面とこすれて、私たちは超スピードだったので何本も抜けた。レイナが私を見下ろしている。

靴ひもなんて鎖に絡まってあぶないのに、レイナは世界ブランコ選手権こどもの部決勝戦でひも靴デビューした。レイナがひも靴で、私はマジックテープなので、みんな私の方が幼いのだと思っている。ちゃんと選手名簿みてよ。私の方が誕生日はやいじゃん。

わたしたちなかよしだからあしたブランコふたりのりしようね。私たちがはじめて出会った日、レイナがそういった。その次の日、私たちはふたりとも約束を無視した。レイナは他の友だちと虫捕りにいっていて、私は兄と家でフルーチェを作る方を優先した。その次の日、レイナは私にカミキリムシをくれた。きのうこれなかったから、とレイナはいって、それで私はレイナが約束を無視したことを知った。でも私は許して、私たちはなかよしになった。ずっとふたり乗りをした。それでいまこうなっている。レイナの方がかわいい服を着ている。でも私の方があどけない。

私たちは超スピード過ぎた。超スピードの肉体が意識を追い越し過ぎて負荷にまみれた。七歳の体では耐えられそうもなかった。上からすすり泣く声が聞こえ、レイナの涙が私の鼻にあたり、私はゲロが出そうだった。優勝なんてどうでもいい。どうせ賞金は親にとられてしまう。健康の方が大事だ。

リタイヤしたい……。

私がそうつぶやいたとき、レイナも同じ言葉を口にしていた。

いっしょに同じことをつぶやくなんて、やっぱり、私とレイナはなかよしだ。漕ぐのをやめて、ブランコが止まるまでの時間、なにを話そうかな。

へそのゴマ

しらべちゃんはへそのゴマを取るのが好きだった。授業中、しかめ面でTシャツをまくり上げて、かちかちかちかちかちと伸ばしたシャーペンの芯を使ってしらべちゃんはへそのゴマを取っていた。しらべちゃんと私たちが通っていた小学校ではシャーペンを持ってきてはいけなかった。鉛筆しか使ってはいけなかった。私たちもシャーペンを使いたかった。シャーペンは大人っぽかった。しらべちゃんはずるかった。私たちは嫉妬していた。

「せんせえ〜」私たちはいった。「しらべちゃんシャーペンもってきてる〜」くすくす笑った。しらべちゃんはびっくりして、シャーペンをへそに突き刺してしまった。

血が出たり、しなかった。シャーペンの芯がしらべちゃんの体のなかに入った。頭をこっこっこっとノックするとしらべちゃんのへそからいい具合に芯が出てくるようになった。しらべちゃんのへそで字が書けるようになった。しらべちゃんもまんざらではなかった。

気がついたら、私たちは動画を撮っていた。放課後、公民館で、しらべちゃんがうつぶせになっていて、しらべちゃんの頭と手を私たちは持ち上げて、床に置いたノートとしらべちゃんのへそが合うようにしらべちゃんを前後左右に慎重に動かして、字を書いている様子を撮影していた。

「しらべちゃん、この動画わたしのユーチューブチャンネルにあげていい？」私たちは、ちゃんとしらべちゃんの許可を取って動画をあげた。めちゃくちゃ人気が出た。ＪＳユーチューバーランキングを私たちは駆けのぼっていったので、しらべちゃんの動画ばかり撮っては配信した。そのうち、しらべちゃんの体に埋め込まれたシャーペンの芯がぜんぶなくなったけれど、「どうせうつぶせだし、ばれないって」と私たちはいったのだ。しらべちゃんが嫌だというまで、私たちは何か月もしらべちゃんを追い詰めてしまった。ある日しらべちゃんは、「これ、イヤ」といった。「うち、これイヤ」小さい声で、微かに震えて、その姿を見てようやく私たちは、しらべちゃんに過去のアイデンティティをいつまでも強いてしまっていたことに気づいた。しかも、私たちが勝手に決めつけたアイデンティティだ。私たちはしらべちゃん自身のことを少しも見てはいなかった。私たちはしらべちゃんの動画を削除した。

けれど、すでに無断転載されていた。その転載動画も転載されて、また転載、また転載……。しらべちゃんの姿がネットから消えることはもうなかった。

しらべちゃんが泣いていた。私たちのせいだった。

「じごくにおちろ」しらべちゃんがいった。私たちは地獄のことを想像して、おえっ、となった。そこは知らないひとの痰のなかのような場所だった。「じごくにおちろ。むだんてんさいしゃども」しらべちゃんがいった。そうだ、無断転載者たちは地獄に堕ちるべきだ。「じごくにおちろ！むだんてんさいしゃども！」しらべちゃんといっしょに私たちはいった。合唱した。私たちは歌った。街を練り歩いて、無断転載者たちに恐怖を与えていった。楽しかった。

興奮が冷め止むと、しらべちゃんは道路の真ん中でしゃがんで、また泣いた。私たちはしらべちゃんを取り囲んで、花が萎むようにしらべちゃんを抱きしめて「ごめんね」と三六〇度からささやいた。私たちは思った、これからの生涯を使って、しらべちゃんをしあわせにしよう。そう思うと、たちまち私たちは萎んだ花ではなく円陣を組んでいるみたいになり、しらべちゃんをしあわせにするんだ、おー、立ち上がり、拳を掲げ、花は開いて、しらべちゃんが笑った、しらべちゃんが笑った！

狼

知らないひとがマニキュアを塗っていて、においで頭痛がする。私とそのひとはホテルの脱衣所にいた。狼人間専用のホテルだ。今日は満月ではないけれど、ハイになりたい狼人間のために、視界の隅に疑似満月が見える眼鏡がフロントで無料配布されている。彼女はそれをつけている。私はなにも着用していない。さっき別室で、壁一面に油彩で描かれた写実的な満月を堪能してきたところだ。ひと通り呻いたり吠えたりしたあとなので、センチメンタルになっている。マニキュアのにおいが気に障る。

「ちょっと、迷惑なんですけどー」と私はいう。マニキュアの女は無視する。ハァハァいいながら、爪を塗るのに集中している。四分の一くらい狼な爪。長くて歪で、塗るのに集中力がいる。気持ちはわかるよ？　私もおしゃれしたい。でも、私は頭痛がしている。

「頭痛いんです」と素直にいってみた。「あ・た・ま、いたいんです」彼女は聞いていない。よく見ると、耳にイヤホンをつけている。私はカチンときた。風呂上りだけどひと暴れしてやろうかという気持ちになる。このホテルは床も壁も、備品もなにもかも頑丈にできている。そこかしこの壁に引っ掻き傷や血や唾の痕がついている。床の隅には硬い抜け毛が集まって丸いかたまりになっている。私は苛立ち、彼女の片耳からイヤホンを奪い取る。かしゃかしゃいってる。平井堅だ。彼女は平井堅を聴いている。私は平井堅の歌が大好きだった。途端に、親近感がわいてくる。私は彼女に謝る。イヤホンを奪い取るまでの経緯、頭痛がしていることをちゃんと説明する。

「あ、すいません」と彼女はいう。なんだ、いい子じゃないか。聞くと、出身校も私と同じらしい。え、まじ？　じゃああの先生まだいる？　あのサムライみたいなやつ。えー、なつかしいやばい。

私たちは意気投合する。

「ねぇ、いいとこいかない？」と彼女がいう。「いいとこ？」「そう、最上階」最上階。噂でしか聞いたことがなかった。ウルフ・ガオガオ・ホテルの最上階には限りなく本物に近い精巧な満月が浮かんでいて、昼夜を問わずＶＩＰ客が表には出せないような騒ぎ方をしているらしい。「最上階！　いくいくー」と私はいう。「でもなんで、あんたはいけるわけ？　親がすごい金持ちとか？」「まぁ、そんなもん」彼女の言い方に含みを感じる。きっと、もっとすごい身分なのだ。いまは、世を忍ぶ仮の姿なのかもしれない。だからあんまり友だちがいないのかもしれないと思って、この子にはよりフランクに接しようと私は決める。

「そういえば名前はなんてーの？　私はナナ」「えっ、わたしもナナだよ！」とナナはいう。私たちはうれしくてたまらなくなる。お互いの爪を絡ませあって、最上階に向かうエレベーターのなかでぴょんぴょん飛び跳ねる。ガオーン、特別仕様の効果音が鳴って扉が開く。最上階に着いた。と、月の光がすぐさま私たちを貫く。な、なにこれ。本物の満月の光と同じじゃん。私たちの体はみるみる変形していく。背骨が、脚が、顎が、いろんな骨格が伸び、歯が尖って牙になる。このとき、虫歯を持っていたらひどいことになる。

舌が長くてぺろぺろになり、腕がほとんど脚になって二本足で立つのがぎこちなくなる。筋肉が盛り上がり、灰茶色の剛毛が皮膚を突き破って生えに生える。そのあいだ、私たちは叫んでいる。拷問を受けているような声だ。やがて私たちの変身が完了する。

「さあって、なにする？」とナナがいう。さっきまでと違い、いまは掠れて低い、荒野みたいな声。私の声もそんな感じで、この最上階自体も、最高級の家具が荒野風にアレンジされている。他の階とはまるで別世界だ。いくつ部屋があるかわからない。そこかしこから喘ぎ声や叫び声が聞こえてくる。私たちはエントランスホールにいて、荒野風の大理石が私たちと月光を反射している。「きまってんじゃん、最高に楽しいことだよ」と私はいう。

私たちは間合いを取っている。前足に体重をかけ、いまにでも踏み込みたい。「そうだね、きまってる。わたし、いつか、ナナみたいな子とこうするのを夢見てきた。必殺技だって考えてある」「ふふっ」私たちは待ちきれない。数秒後、相手に向かって駆け出し、爪を立て嚙みつき、とことんまで殺しあう。彼女のマニキュアを塗った、白と緑色の、丸くて愛らしい懐石料理みたいな爪がかがやいた。そのすぐあと、私の血が覆った。

骨とテレビに出た

庭を掘っていたら骨が出てきた。私の手首から肘くらいの長さで、私はそれを振り回して、たつまきになってぐるぐるしていたら気持ち悪くなった。緑色のゲロが出てきて骨にかかった。このことはだれにもいっていない。着ていた服と私と骨をシャワーで洗い、乾かして骨は庭の穴のなかに埋め直した。それで、私が昼寝をしているあいだに、弟があの骨を見つけてお父さんに話したらしい。「骨が見つかったんだ、発掘調査のために、みんなでこの家から出ていかなきゃいけない」お父さんはにこにこしていた。「なんで?」「立ち退きすることになったから、すっごいお金をもらえるんだよ」あとでお母さんが教えてくれた。「お金がもらえてうれしいかどうかママ聞いてほしいな」「いいよ、お金がもらえてママうれしい?」「すっごいうれしい」

学校が終わると、かなでちゃんといっしょに発掘現場を見にいった。弟や衝動的に仕事をやめたお父さんがいたし、近所のひとがいた。名前を知らない、いつでも自転車に乗っている、ひとりごとのおっちゃん、という名前で私とかなでちゃんが呼んでいるひとがここでだけは自転車に乗っていなかったので、すごいことなんだなと思った。私たちは十分くらいそこにいたあと、マンションにいった。私が住んでいるマンション！　町にひとつしかなくて、クラスで私しかマンションに住んでいない。かっこいいなあ、って、かなでちゃんは何回もいった。

骨と、私の家族がテレビに出る日、私と弟は全校集会で前に呼び出された。応援しましょう、と校長先生がいった。拍手された。そのことで弟は緊張して、生放送の撮影のときも喋れなかった。お父さんは、楽しみで熱が出て、咳ばかりした。お母さんは全国に映りたくなくて顔を両手で隠していた。私の番がきたとき、隣に立っていたかなでちゃんが身を乗り出して、「ミニモニに入りたいです！」といった。私もなにかいわないとと思ったけど、なにがいいたいのか、なにになりたいのか、いま、自分はどういう気持ちなのか、急にわからなくなってきた。いや、ずっと前からそうだったのかもしれない。

かなでちゃん

かなでちゃんの家が火事になったことがある。だれも死ななかったけれど、ストレスでかなでちゃんは紙をたべるようになった。そのことで私は、宿題をやるのを忘れていた日なんかはとても助かった。かなでちゃんにたべられてしまいました、と私がいって、先生が、ほんまか？　とかなでちゃんに聞けば彼女はうなずいてくれる。当時のかなでちゃんは無敵だった。かなでちゃんがそうだといえば、そうなのだ。

けれど、本当にやってきた宿題をたべられたときは私も怒った。このあいだの道徳の授業に、この町に住んでいる一〇五歳のひとが、娘を連れて話をしにきたから、それへのお礼の手紙。そういう宿題。なにも感謝することはなかったけれど、気持ちとは関係なく感謝する。ありがとうございました。いろいろとためになりました。

今日はどんな紙をたべて、どんな気持ちになったか記録してるんだ、とかなでちゃんは給食のとき、紙にカレーをつけながらいった。カウンセラーさんに質問されるらしい。学校でも、町でも、カウンセリングを受けた子どもはいままでかなでちゃん以外いなかった。だから、ちょっと得意げなんだと思う。いまはね、去年の国語の教科書をたべてるから、ことばみたいな気持ちがする。ことばみたいな気持ち。数字の気持ち。二酸化炭素の気持ち。宇宙の気持ち。ふぅん。じゃあ私は、かなでちゃん、って紙に書いてたべてみる。

こっくりさん

　こっくりさんと暮らして七十年になる。小学五年生のとき、私は図書委員だった。放課後、図書室の貸し出しカウンターのなかに座って、いつもうとうとしていた。視界が目のかたちに開いては、狭まり、目のかたちに開いては狭まりしていた。そのなかで、こっくりさんをしている女の子たちがいた。こっくりさんは親よりもっと上の世代の遊びだった。五十音表と十円玉を用意して、みんなで十円玉の上に指を乗せる。それからこっくりさんに質問をすると、十円玉が動いて、あ、とか、い、とか、う、とかを指し示して答えを教えてくれる。十円玉はプレイヤーが動かしているのではなく、召喚されたこっくりさんが動かしているのだ。自分たちの恋愛やユーチューバーのことを聞いて女の子たちは騒いでいた。うるさかったけど、私は眠ってしまった。

　目を覚ましたとき、女の子たちはいなかった。家に帰ったのだと思う。どうしてか窓が開いていて、まるでひどい嵐が去ったあとみたいに、目に映らないところにだれかが置きっぱなしにした本が風で激しくめくれる音が聞こえる。カーテンが翻る度に夕陽からやってきたピンク色の光が図書室を引っ掻くように照らし、その光の範囲以外は暗かった。私はイラっとした。図書室を荒らして帰るなよ、ちゃんと片付けてけよ。歯ぎしりをする。両目からどろっとした熱い目やにが流れ落ちてくる。頬を、顎を伝い、鎖骨の窪みに溜まりそうになる。きたない。泣きそうで、私は寝起きだった。すごくイライラしながら図書室をきれいにしていった。その途中に、見覚えのない開架があった。そこだけ棚や床の木材がちがう。そこだけ埃まみれだった。これ以上掃除したくなかった。見ないふりをして、もう帰ろうと思って踵を返したとき、後ろから声がした。振り返ると、なにもいなかった。「だれかいるの」と私はいった。「いるよ」と声がする。でも姿は見えない。「私ね」と声はつづけた。「こっくりさんなんだけど、さっき、女の子たちに呼ばれてたんだけど、その子ら途中で飽きて適当に帰っちゃったから、ちょっといま大変な状況なんだわ。なんかすごい体がふわふわしてる」「わあ大変」「体が安定してないんだわ。なんか、依り代になるものがあったりしたらうれしいんだけど」私は図書室の長机の端に置かれていたくまのプーさんのぬいぐるみを取りにいって、また戻ってきた。「じゃあ、これに入ったりできる?」

こっくりさんはプーさんのぬいぐるみのなかに入った。助かる〜、とこっくりさんはいった。私は、くまのプーさんが大好きだった。しかも、喋るだなんて! 私はこのぬいぐるみのことがずっと気になっていた。ぬいぐるみって高いので、小五の私の財力では買えなかった。これ、ほしいと思っていた。でも学校の備品かもしれなくて遠慮していた。でも、今回は事情が事情だ。私はこっくり－プーさんをかばんに無理やり詰めて家に持ち帰った。こっくりさんもまんざらではないみたいだった。ときどき、こっくりさんがひとりでプーさんのまねをしているのを私はこっそり見ている。私たちはいいコンビだった。

こっくりさんのことを友だちに紹介するとみんなおもしろがってくれた。だって、だれも本気ではこっくり－プーさんのことを信じていないから。こっくりさんが話しても、そういう喋るぬいぐるみなのだとみんなは思った。私とこっくりさんは後でみんなのことを呪った。

家族もだ。私がこっくりさんを食卓に着かせると苦笑いする。私たちを馬鹿にしてる。

大学入学を機に、私たちはふたり暮らしをはじめた。その頃にはこっくりさんはプーさんの体によく馴染み、歩いたり料理を作ったりできるようになっていた。朝に弱い私のために、私よりも早起きして私を起こしてくれる。私のためにドラマを録画しておいてくれる。私は試しに、こっくりさんのことをお姉ちゃんと呼んでみた。「え、なに。なんで」とこっくりさんはいう。「だめだったかな」私ははにかんだ。「私ずっとお姉ちゃんがほしかったんだ。これから、こっくりさんのことお姉ちゃんって呼んでいい？」私ははにかむのがすごく上手だったし、実際問題、こっくりさんも私が妹だったらうれしいのだろう。「うん。まぁ、別にいいけどね」と彼女はいった。

就職や転職や、その他の節目の度に、私はこっくりさんをした。私はどうしたらいいのか、こっくりさんに聞く。五十音表の上の十円玉に、私とこっくり－プーさんの指を置く。質問をする。十円玉が動く。姉のプーさん指の方が大きいから、姉が動かしているにちがいない。「いま動かしたでしょ」と私はいう。「なんのことですか～」と姉はいう。ふたりで笑っている。いま、私たちはそのうちやってくるはずの私の死のあとの、葬儀プランやお墓のタイプの相談をこっくりさんでしている。本当に長いこと使われてきて、何度も大きな修繕を施し、片腕や片耳のない、つぎはぎだらけになったプーさんのぬいぐるみが涙で濡れている。私が死んだら、土葬がいい。姉もいっしょに埋めてほしい。姉のプラスチックの部分や私の骨は長いこと存在を残すだろう。ずっといっしょだ、うれしいなって思うし、そうだ、私の心臓が止まったら彼女にこの体を渡してもいいかもしれない。

私と鰐と妹の部屋

市の植物園が潰れた。財政難だった。めずらしい個々の植物の引き取り手はいたが、ほとんどの植物は捨て置かれ、より荒々しいぎりぎりの姿で生き残っていた。園自体もそのままだった。どの企業も買い取らず、自治体の管理からも外れ、立ち入り禁止のままで放置された。私の家はその植物園のすぐそばに建っている。

夏になると、何種類もが絡まりあった歪な植物が庭まで手足を伸ばしてくる。父はその先端を、ぶつぶつ文句をいいながら鎌で刈り取った。私と妹が大きくなると、私たちは夏休みの初日、両手に鎌を掲げて庭に駆け出した。じゃき。じゃきん！　ぎゃああああああ。裏声で、刈り取られる植物の気持ちを叫んでは笑っていた。

私と妹は本当の姉妹ではない。妹は母から生まれ、私は試験管のなかの培養液から生まれた子どもだった。私はクローン技術で作られた子どもだった。父と母は、自分たちには子どもができないと思って、研究施設から私を買い取った。でもその二年後に私の妹ができた。私と妹はなかよしだ。うそだよ。

本当は私はただの養子だった。その話は、私が考えたお話だった。私は私の嘘を信じ込んだふりをして、ひとりで泣いたりするのが好きだった。

私と妹は棄てられた植物園に忍び込む。赤茶色の大きな舗装道路のそこここから、野生植物がアスファルトを割って生え、茂みになっている。たくさんある裸婦像が葉に埋もれ、鍵の閉まった温室の曇った窓には蔓や葉がぎちぎちに押し当てられている。

薔薇園にいくと、薔薇はぜんぶ枯れている。茎が、補強用の糸や棒に支えられてかたちだけを保っている。足元には薔薇の花びらがある。どうしてか風で飛んでいっていない。魂を吸われたみたいに色が変わっているけれど、触ると、いつでも湿気ていてねばねばする。薔薇園を囲むようにして向日葵が並んでいた。どの向日葵も二メートル以上あって、こちら側に倒れている。なにかのケーブルみたいに地面を這い、その上や下に薔薇の花びらがある。

この薔薇園を、私と妹の部屋にしている。私たちはここで昼寝をしたし、ここで他のひとの悪口をいった。私の本当の父と母がどんなひとなのかふたりで予想した。ある日、薔薇園にいくと、鰐がいた。

薔薇園の中央で、口をぐわっぱかっと開けたまま、じっとしている。私と妹は立ち止まって、鰐をじっと見た。鰐は動かない。私たちは鰐に手を振ってみた。でもなんの反応もない。木々から黒い鳥と茶色い鳥が飛び立って不揃いに叫んだ。あまりに鰐が動かないので、模型かもしれないと思った。私は足元で死んでいる向日葵の茎を引き裂いて、槍みたいになったのを鰐に投げた。それがちょうど鰐の口のなかに入ると、鰐のうわ顎とした顎が、空気に穴があくくらい素早く閉じた。かっこいい。鰐だ！　私はこの鰐をペットにしたいと思ったけれど、妹がこわがってお漏らししたので、仕方なく家に帰った。

その日以来、妹は植物園にいきたがらなくなった。妹と私の薔薇園は私だけのものになり、私だけの部屋になった。相変わらず鰐はいて、私は嚙まれない距離から話しかけた。どこからやってきたの？　親は？　名前はなにがいい？　名前って自分でつけたいよね。私も私の名前は私が決めたかった。そしたらさあ、アクマとかにする。ふふ。私の名前はアクマ。試験管から生まれたアクマです。私ってクローンなんですよね。ふふふ……どんな話も鰐は黙って聞いてくれた。鰐には私の話や妹の話をし、家に帰ると、妹には私と鰐の話をした。

私が薔薇園にいくと必ず鰐がいた。そのことに、当時の私はなんの疑問も感じなかった。いつの間にか鰐には蠅がたかっていて、鰐の背中の上に鳥が止まって、鰐の体をつついていた。それでも私は、鰐が死んでいるなんて思わずに鰐に話しかけた。だって、どんな姿になっても鰐は私の話を聞いてくれていた。私は一日に何時間もそこにいた。お姉ちゃん、くさいよ、と妹にいわれたころには、鰐は半分くらい骨になっていた。

鰐が死んだことを、私は妹に話さなかった。鰐、今日、歩いた。歩いて、川にいった、と私は妹にいった。あっそう、と妹はいった。そのとき、すでに妹は鰐にも私にも興味がなかった。でも別によかった。私の話を聞くためのなにかがいたらそれでよかった。私は鰐を追いかけて川までいって、鰐がどこかに帰っていった話を、私が信じ込めるまで話した。

植物園

植物園のベンチに女の子が座っていた。閉園してからもう二時間は経っていた。帰りなよ、と私はいった。そこはバラ園で、濃い花のにおいが触れそうなほど充ちていた。女の子は黄色いバラの向かいのベンチに座って本を読んでいて、バラはしゅぞわああっと夜に浮かんでいた。読めないでしょう。暗いから。本なんて。と私はいったが、女の子は私に気づかずにじっと本を見ていた。そのうち女の子は見回りの職員に発見されて、どこかあたたかいところへ連れられていった。

この季節、職員が全員いなくなったくらいの時間に月が温室をよく照らす。きれいだ。こんばんは。こんばんは。こんばんは。まだ起きている植物に小さな声であいさつをしていく。そのとげとげ素敵ですね、と私はサボテンにいう。ひとに尊重されたいしひとを尊重したい。私が生きていたときにはそういうことをあまり考えなかった。

いや、サボテンだし、なんてことをいうサボテンはこの植物園にはひとりもいなかった。ありがとうといったり、私の身の上を聞いてハグしてくるサボテンもいた。あばばばば、とげが、痛いです……。私がそういうとサボテンは、あら！　といって快活に笑った。私も笑う。

こわいひとがひとりもいないだけでこんなにうれしい。

また閉園後に女の子がいた。本を読んでいた。あっちに外灯があるよ、移動しなよ。その靴、いいね。すごく速く走れそう。本なんて私ぜんぜん読まなかったなあ。でもいいね。夜に植物園でひとりで本を読んでるんでしょ？　それって大人っぽい。かっこいいよ。

私の声は聞こえていないのだと思う。でも万が一聞こえていたらうれしい。ひとに大事にされる感覚。それを思い出すきっかけにちょっとでもなったらとてもうれしい。足音が聞こえて、職員が懐中電灯で私たちを照らした。まぶしい！

「やあ、またいたね」

「ママじゃないの？　ママは探しにこないの？」

「これから事務所にいって、お母さんに電話しましょうか」

「ジムショって、きのうのお菓子がある部屋？」

「そう、お菓子がある部屋。今日のお菓子があるよ？　たべていいよ。なに読んでたの？　今日もムーミン？」

「うん。もうすぐすい星が落ちてきそう。ここにも落ちてくる？」

「どうかなあ。落ちてくるかもね。うん。落ちてきたらいいね。みんないっしょにパッて燃えるんだ」

女の子の体のこわばりが消えて、笑顔になってふたりは事務所へ歩き出した。私は女の子に手を振って、植物たちも手を振った。女の子が振り返った。

お墓

生まれてはじめてお墓にきた。ひぃおじいちゃんが九九歳で死んだからみんな笑っていた。ママが笑ってたから私も笑った。

ひとが死んだらひとがいっぱい集まる。私は私と同じ年ごろの子どもたちとお墓を走りまわった。たくさん写真を撮った。おばけがでるよ。

はじめて会う子もたくさんいて、私はひとりひとりと写真を撮った。

「そこ、知らないひとのお墓じゃん」従姉妹のかなでちゃんがいった。「せっかくだからご先祖さまと撮りなよ」

私たちは、ひぃおじいちゃんが入ったばかりのお墓の前に立って自撮りした。

「おじいちゃんレナと写真撮れてよろこんでるよ」

ママがほめてくれた。そういえば私は、ひぃおじいちゃんといっしょに写真を撮ったことがなかった。あんまり話したりしたこともなかった。

「ひぃおじいちゃんレナと写真撮れてうれしい？」

私はひぃおじいちゃんに聞いた。すると、お墓の後ろから声がした。

「うれしいよ」

子どもがそういっていた。ひぃおじいちゃんのふりをしている。私より年下なのに、やさしいね。

なにかが死んでいる

妹はなにかが死んでいるのが好きだった。ごはんをたべるときはいつもよろこんでいた。これはしんだウシ、これはしんださかな……妹は口に入れる前に、なにが死んでいるのかいうのをやめないから、私はもう妹のことを無視していたのに、家や学校の外では妹といっしょにいなければいけなかった。私がただ、姉だからという理由でだ。

学校の帰り、あるいていたときだった。おねえちゃん、カエルがいるよ？　妹はしゃがんでいて、道路に貼りついたカエルを見ていた。

うごかないね。これってカエル？

うん。

うごかない。

干からびて死んだカエルだよ。

私がそういうと、妹はもっと顔を近づけた。死体に睫毛が触れていた。そんなにめずらしい？

しんでるの？

そうだよ。

しんでるんだ。これがそうなんだ。

？

わあ。

妹は六歳だ。六年も生きてきて、そんなことってあるだろうか。妹は、死の実物をはじめて見たのだった。

その日から、妹は食事中はなにもいわなくなった。文字通りなにもいわない。家族のだれよりも早くごはんをたべては、私と共用の部屋に引っ込んだ。妹は、外から死体を拾ってきている。カエルやミミズの死体を貯金箱のなかに入れて、私がいないときに鑑賞している。きもかった。私はなにも知らないふりをした。

これは、妹にいおうかなと思って、結局いわなかったことば。

あんたはさあ、自分が死んでるのは好き？

屋根裏部屋

「うちの屋根裏部屋にはだれが住んでいるの？」私がいうと、その度に母は「これは台風の音だよ」「ねずみがいるのね」「この家に屋根裏部屋なんかないよ」などといってはぐらかした。おかあさんはうそをついている。だって頭の上でこそこそ音がしていた。板がきしんで、だれかが忍び足で歩く音がした。

私が十歳のとき、母が家にいなかった時期がある。私の弟を産むために入院していて、おばあちゃんも母と当時つきあっていたひともよく付き添っていた。私には自分ひとりの部屋があった。そこを出てこっそり母の部屋で寝たり母の香水をつけたりするのが好きだった。引き出しを開けて、なかを探るだけで楽しかった。一番下の引き出しに入っている、青くてぺかぺかしたクッキーの箱の底には封筒に入ったお金があった。私はお金が好きで、こっそりおばあちゃんの財布から五百円もらうのが特に好きだった。でも、その封筒のなかには一万円札が二十枚もあった。うううう。

どきどきで死んでしまいそうだった。いままで生きてきて一万円札を二十枚も持ったことがなかった。使ったことがなかった。喉が渇いて、ハァハァした。触ったり、それで頬を叩いたりした。

もっとお金ないかなと思って、私はカーテンの後ろを覗いたり、ベッドの下を見たりした。壁紙にめくれているところがあった。地が黄色い、小花柄の壁紙だった。私は壁紙をめくった。奥から白い壁が出てきて、小花柄をどんどんめくっていくと、穴があった。壁をハンマーで砕いたような穴。私が四つん這いになったら入れそうな穴。私のための穴だ。私のためのお金がある。私はそこに入った。

目の前には階段があって、大きい蜘蛛が階段の四段目の左端でじっとしていた。蜘蛛。蜘蛛だよね。手みたいだったから。

階段を登ると開けた空間があり、天井まで頭がすれすれで、煤けた窓があった。砂みたいにざらついた黄色い埃が床を覆っている。

屋根裏部屋だ。

「屋根裏部屋じゃん」

ほら、屋根裏部屋がある。私は、私が本当の正しいことをいっていたのだということがほこらしかった。にやつくのがとまらなかった。頬が波みたいに動いて鼻の穴が膨らむ。だれかに見られているみたいに、私はにやにやをとめようとしたけれど、とめようとするともっととまらなかった。そして実際にだれかに見られていた。

笑い顔を隠すために口に手をあてうつむいたとき、私のふくらはぎの左後ろにだれかいるのが見えた。床の上で影みたいになっている。私はその体勢のまま後ろ歩きして近づいていった。猿だった。

しかも、猿のミイラだ。

そう思ったすぐあと、ちがうことに気がついた。そのひとは人間で、生きた赤ん坊だった。

「わ」私はいった。「もう産まれたの？」

「おかあさんはどこ？　おばあちゃんは？」

弟は赤ん坊みたいな声を出して私に手を伸ばしてきた。私は頼られていて、しかたないなあと思った。だっこして揺らした。

「なんでこんなとこにいるの。みんなのとこもどろう？」

階段を降りはじめようとしたとき、足元を蜘蛛みたいなものが横切った。「きをつけて」私はささやいた。弟は笑った。私は弟の頬をつついた。弟が手を伸ばした。「くもさんこわかったね」私はささやき、すっかりお姉さんだった。弟は私の首から垂れていた私の髪の毛を引っ張って、抜いた。弟のやわらかい手のなかで、草花やおみくじみたいに揺れている髪の毛の束の先端が、私の目のなかに入り込むとジジジっとなにかが焦げるような音を立ててばらけ、目のどろどろを掻き回していた。なにもかも、嫌になってきた。ここにこうしていることも、弟のことも。お金がないことも。私は目をこすってこすって、こするのがとまらなくて弟のことを腕から離しそうになった。

目にばい菌が入る。私は病気になって、体がサボテンみたいに膨れ上がって動けなくなる。全身に赤い斑点ができる。血管がいくつも自分自身に耐えられなくなって破裂する。髪の毛は私の片目にびゅるびゅる吸い込まれていく。私が泣いていると、弟の指が私の残った目を潰す。そうなったら、どうする？　どうしよう。私は目を閉じながら階段を降りた。

母の部屋に戻ると、だれかいた。

おかあさんがいた。

「もう、さがしたんだよ」

おかあさんが私から弟を取り上げた。私の弟なのに。

母は左手で弟の腰から背中を持って、右手で弟の首と頭を支えてる。あれ？　よく見るとそれはふたつとも、母の手じゃなくて蜘蛛だ。

チェーンソー

チェーンソーの音がうるさかった。きのうの嵐で、このあたりの木々が何本も倒れた。樹齢何百年の大木もある。ひどい嵐だった。安全のために、倒れた木や、倒れそうな木を切断する必要があった。黄色い蛍光色のジャンパーを着てヘルメットを被った大人たちがチェーンソーを操っていた。湖のそばの森のなかだった。土から根が浮きかかっている一本の木にチェーンソーの刃が通され、森の空気や、空ごと引き裂くような音を立てて木が倒れていくと、鳥たちがまだらに飛び出し、木が倒れると虫が飛んで地面が潰れた。嵐は過ぎ去り、太陽からの光がまぶしかった。木漏れ日がチェーンソーたちに反射して、その光が別のチェーンソーに反射していた。星座みたいに光が繋がっていた。

「星座みたいじゃない？　レナ」私は娘にいった。

「レナ、あれほしいんだけど。あのひと殺すやつ」と娘はいった。

森の周囲には立ち入り禁止を示す黄色いテープが張られていて、安全のために私たちはそこを越えていけなかった。二十人……三十人以上の大人がチェーンソーを手に持っていた。こんなにたくさんのチェーンソーが動いているところを見るのははじめてだった。

この湖のそばに休暇にきているひとたちがテープの周りに集まり、木が切られ、落ち、倒れ、木に跳ね返された刃から震えが散るのを見ていた。チェーンソーを持った若い大人がよろめくと、見ているひとたちは何かいった。騒音のなかで、私たちは怒鳴らないとお互いの声も聞くことができなかった。私の視界の端の方に、子どもたちが集まって何かを話し合っていた。娘はそっちをじっと見ていた。不意に、私の手のなかで生温かいものが動いた。娘の手だった。娘は私から手を離すと子どもたちの方へいき、数分すると私のところに戻ってきた。

「なに話してたの?」と私は聞いた。

「ひみつ」と娘はいった。

「え?」

「ひみつ!」娘はうれしそうな顔をしていた。

「たのしいこと?」と私は怒鳴った。

新しいチェーンソーが近くで動き出した。だれかが叫んでいた。木がそっちに倒れてきて、ひとりの大人が、エンジンのかかったチェーンソーを手から離した。娘の顔が、破裂したように笑った。娘の目のなかに、地面の上で制御を失ったチェーンソーがその場でぐるぐる回っているのが斜めに映っていた。娘は興奮していて、跳ねたり、しゃがんだりすると目のなかのチェーンソーも角度を変え、瞳の円周に回転するチェーンソーが被さった。きれい、と娘がいったのが、唇の動きでわかった。チェーンソーを止めようとした大人が脛を切った。刃の先端についた、ズボンの繊維と皮膚と血が、回転の勢いで舞い散って、しずくになって飛び、ばたばたと連なって私の首にかかった。

気分が悪くなって、私たちはその場から離れた。コテージでシャワーを浴び、昼寝をしていると、いつの間にか娘が隣にいた。

「たのしいことだよ?」と娘はささやいた。「子どもだけでわたしたちはたのしいことをする。ママも混ぜてあげようか?」と娘はいい、私の首を触り、見つめた。舐めた。

夜中

眠たくて何度も泣いた。私は眠たいのが本当にだめだった。それなのに夜勤のバイトをしている。深夜手当が発生するからだ。私は眠たく、かつお金がなかった。冬の夜の凍えた植物を、土に手を添えたり、鉢ごと抱きしめたりして温めていく。そういうバイトだ。

私は小学校の前にある花壇に寄り添って寝転び、パンジーの群れを温めていた。パンジーたちが安心できるよう、土をぽんぽん一定のリズムで軽く叩いていた。

私も安心して眠り、目が覚めると、頭痛がした。

こめかみからこめかみまで、お箸で貫かれている痛さだった。

誰かが私の目にライトをあてていた。光が目を通って顔中に満ちる。脳にまで刺さる。腕を引っ張られた。

「ちょっときみ」光の向こうから荒っぽい声がする。目の前にふたり組の警官が立っていた。「何してるの、こんな時間に。ここ小学校の前だよ」もうだめだ。私のことを危険人物だと決めつけている口調だ。「えっと、いまバイト中で」と私はいう。「市からお金をもらってて、そうなんです、変なバイトだけど、これは市のアルバイトなんです」私は本当のことをいう。「なんだったら、環境整備課に問い合わせてください、担当のひとが私の仕事を証明してくれますから」そういっても、いまは夜中なのでだれも電話に出ない。「だれも電話に出ないぞ、怪しいな、ちょっときて」

私は警察署に連れていかれそうになった。こんなのは理不尽だった。私は走った。でも私は寝起きで、眠たくて、体に力が入らなかった。後ろから警棒のようなもので頭を殴られ、気がつくと真っ暗なところにいる。何も見えない。私の息の音が大きく聞こえ、息が何かにぶつかる音がする。目の前に何かがある。

舌を伸ばした。

舌が渇き、ちぎれるほど伸ばすと、先端が何かに触れた。私は舌を上下左右に動かし、曲げ、回し、それに擦りつけた。これは——麻袋だ。私は麻袋を被せられていた。

しばらくして、手足が自由なことに気がついた。この状況でそれはとても不自然なことだった。罠かもしれないと思った。

けれど、私は麻袋を脱いだ。まず目に入ったのは私の手首だった。手首の裏に、擦っても消えそうにない、彫られたように、緑色の数字が入っていた。そこは災害時の避難所みたいな場所で、ただの体育館みたいな場所だった。

ひとがいる。

私の数字は133で、だからここには133人以上のひとがいた。

私以外の全員が、麻袋を被って正座して、こちらを向いていた。

彼らは眠っているのか、麻袋から伸びた手足が痙攣していた。

私の隣にいるひとの手が、葉が日光で萎むように動いている。

視界の中央にいるひとたちが震えている。ものすごく震えていて、これから殺される魚みたい。

その真ん中のひとの振動が突然止まった。手が麻袋を摑んだ。麻袋がゆっくりと脱がされ、顔が露わになっていく。私はこわくなって、麻袋を被った。

歯医者さんの部屋

目が覚めると清潔な部屋にいて、歯医者さんにいるんだと思って笑ってしまった。「心配ないからね」と歯医者さんがいって虫歯治療のために私が笑気ガスを吸い込まされてねむっていったのが午前中のことで、いま私は清潔な部屋にいた。歯医者さんではない。治療用の可動式チェアではなくパイプ椅子に座っていて、手足が縛られている。なんなの、これ、映画？　笑ってみた。これは現実ではなく、まだ体に溜まっているかもしれない笑気ガスが見せる幻覚なんだと思い込んで。するとほんとにげらげら笑えてきて、私はいかにもこれから殺されるせいで気が狂った人みたいだ。

この部屋にくる前、少しだけ車のなかで目覚めた。そこはトランクのなかではなくて助手席だった。茶色い服を着た子どもが外から私をじっと見ていて、なんでもいいからいえばよかったのだ。助けて、と声は聞こえなくとも口を動かすとか、窓をがんがん叩くとか。でもまだガス麻酔が抜けていなくて意識がぼやけていたし、赤信号が変わる前に、運転席にいる歯医者さんが今度は注射麻酔を私にうった。歯茎ではなくて、腕に。

あー。あー。あー。あー。あー。だれかが聞きつけるかもしれないと思って、清潔な部屋で叫んでみる。でも、だれにも聞こえていないということは、口を塞いでいないということは、口を塞ぐ必要がないということだ。でも歯医者さんには微かに聞こえていて、この悲鳴を楽しんでいるのかもしれない。それでも私は叫びつづけた。この部屋にはさっきからヒーリングミュージックが流れていて、それを聞くのが悔しかったから。

これは映画じゃないから、特に美しくもない、しかも若ハゲ男の私でも生き残ることができるかもしれない。叫びに合わせて体を揺らしていると、私は椅子ごと床に倒れた。しかも前方に、顔から倒れて、口が白い清潔な床に打ちつけられた。「痛っ」と私は咄嗟にいって、それから泣いた。みじめだった。理不尽だった。壁には多様な鈍器が架けられていた。手足は解けず、起き上がることもできずに長いこと同じ体勢でいると冷たかった床が温かくなってきて、私はうとうとし出した。半分ねむりながら、もう痛くないことに気づいた。虫歯はちゃんと、午前中に治療されていた。扉が開く。歯医者さんの靴が見える。壁から鈍器が外される音。ねむりたい。深くねむって、これから起こることをなにひとつ恐れたくはなかった。

サンバイザー

その橋は車道にしては幅が狭かった。私の車が渡っているあいだ、他になにも通行することができなかった。ハンドルを動かすと川へ落ちてしまうのだった。助手席で夫が窓から顔を出して下を見ながら手を口元にやっていた。

母が弱っていると連絡がきた。私の父は死に、母の再婚相手も死んでいて、身よりは私しかいなかった。

私たちはじりじりと車を進めていた。タイヤが石や枝を踏む音がいつもより大きな音で聞こえた。母の家にいくには、山奥を通らなければならなかった。ヘルパーさんの話によると、四年前からそこで暮らしはじめたそうだ。どうしてなのかわからなかった。私には引っ越しの連絡もなかった。母とは十年以上会っていない。

目の前にひとがいた。私はブレーキを踏んだ。橋が終わるまであと数メートルのところだった。

濃い陽炎のなかに立っていた。長袖長ズボンで、顔はすべてサンバイザーで覆われていた。私は待っていた。

「え、どかないね。あのひと」

私は夫にいったが、夫は急にねむっていた。

私はクラクションを押した。嫌な感じが出ないよう、ごく軽く押した。けれど、大きな音が出た。ずいぶん、長い時間だった。それでも、そのひとは道の中央に立ったままどかなかった。夫は起きなかった。

「あのー、すいませーん。すいませーん」窓を開けていった。「通りたいんですけれどー」

私はドアを開けた。外に出ようとしたが、車の横にひとが立てる幅さえなかった。眼下には川があったが、水は流れていなくて、くすんだ白い石ばかり並んでいる。

「あの」と私はいった。「あの」「あの」

そのひとはこたえなかった。

「あの」「あの」「あの」「あの」「あの」

そのひとが動かないので、私はバックした。するとそのひとは、そこから動かなかった。どんどん、遠くなっていった。

橋をもどりきったところで、夫が起きた。夫は窓の外を見まわして、不思議そうな顔をしていた。

「さっきここ通ったよな」

「それがさあ」と私はいった。前を見ると、あのひとはもうどこかにいっていて、説明するのがとてもめんどくさくなった。「いや？　夢でも見てたんじゃないの」といって、私はもう一度橋を渡りはじめた。

さっきあのひとが立っていたところに、なにかがいた。大きさからして、ひとでは絶対になかった。私は思い切りアクセルを踏んだ。轢いたはずだ。

こういうのが好き

山の上の展望台で夜景を見ているとき、なにかが僕の背中に触れた。

振り返ると五、六歳くらいの女の子がいて、「これ、おちた。しゃがんで。しゃがんで」といった。

「拾ってくれたの？　ありがとう」僕はいった。

落とすようなものを僕は所持していなかった。そのとき、僕は好きなひとといっしょにいたので、素直にしゃがんだ。小さい子どもと同じ目線になって微笑んだ。ふふふ。彼が僕に好印象を抱いているぞ。

女の子は、ひとさし指と親指でなにかをつまんでいる右手を、僕の頭の上に持っていった。「はい」と女の子はいった。「ばいばい」といって、去っていった。姿が見えなくなるまで、僕は手を振った。

「そのまま、動くなよ」好きなひとがいった。

好きなひとが上半身を折り曲げて、僕の頭に顔を近づけてきた。頭皮のにおいを想像した。それを彼が嗅いでいるかもしれない。自分の鼻の穴が膨らむのがわかった。僕は興奮しているのかも。僕はこういうのが好きなのかもしれない。目の前が少しだけ明るくなった。彼が僕の頭上に、携帯のライトをあてていた。つむじが傷んだ。彼の爪が触れたのだと思う。

「やっぱり、これ」彼がいった。「髪の毛だ」

「え?」

「さっきの女の子が、おまえの頭に乗せたやつ、髪の毛だよ。あの子、ひとの頭から抜けた毛を、ひとの落とし物だと思ってるんだよ」

「ええー、こわい。こわくない?」

僕がそういうと、彼は少し口角を上げた。

あ。

こういうのが、好きなんだ。このひとは、こわがってる僕のことをかわいいと思ってるんだ。

展望台に照明はなく、すぐ近くにいないとひとは黒い輪郭でしかなかった。あの女の子は、見えなかった。

帰りの車のなかで彼がいった。

「ひとの髪の毛なんて、いくらでも落ちてる。あれは、ほんとにおまえの髪の毛だったのかな」

彼がよろこぶと思って、僕は、本当はこわいのは大丈夫だったけど、そのはじめてのデート以来、彼の前でちょうどいい感じにこわがるのを、死別するまで三十年続けた。

呪われてしまえ

親友は大学生のくせに庭付きの一軒家を持っていた。頻繁にパーティを開き、私の恋人を奪って元親友になった。私は彼の庭で穴を掘っている。呪われてしまえ。穴のなかに、使用済みのナプキン、プリクラを焼き焦がしたもの、動物や虫の死体、私のお母さんの使用済みのナプキンも入れたところだ。いまから穴の上で髪を切ってやろう。何年か、何十年後か、ひょっとしたら明日かもしれない、元親友がこの穴を掘り返して心の病気になればいい、私のことが頭から離れなくなればいいと思った。でも、そうはならなかった。私たちは気まずいまま大学を卒業して、それきりだ。彼は私の元恋人とは三か月で別れ、ちがう女たちと付き合い、結婚しては別れるのを繰り返した。彼は傷ついている。彼に必要なのは親友の私ではないだろうかと、髪を切る度に思った。穴を掘ってから十五年後、私は彼の家を訪れた。呼び鈴を押すと知らない家族が出てきて、知らない家族の娘が、いまから庭を掘ってお花の家をつくるんだよ、といった。

トースター

彼が目を擦ったとき、食パンの上にコンタクトレンズが落ちたのを見た。両目ともだった。黒目の、カラーコンタクトだった。彼はその食パンを焼いてたべた。

彼の口のなかから、溶け焦げたコンタクトレンズが歯で割れる音がした。

何の時間でもなかった。朝食の時間でもなく、何のごはんの時間でもなかった。

しかもここは職場で、彼は私の上司だった。私たちは給湯室にいた。

トースターは、ジジジジジジジジといっていた。

彼はコンタクトレンズをたべ終えるところだった。

私は、静かになるのがこわかった。

トースターが音を出している間にここを出たかった。

「これ、なに」と彼はいった。

「これ？　これってなに、ヒロくん？」と私はいったが、わかっていた。

彼は正面から私のことを見ていて、だから、これ、とは、私のことらしかった。

「先、いくね？」と私はいった。変な風に笑いながら給湯室を出て、そのまま早退した。

次の日から、仮病を使って仕事を休んだ。

彼が何かの事件で報じられていないか確かめた。

紙粘土で友だちをつくった

前の職場では新入社員が忘年会で芸をすることになっていた。嫌だった。私は紙粘土で上司たちの顔をつくった。

あのひとたちが苦笑いしたらいいのにと思ってそうしたのに、「今度おれの体もつくってよ。こう見えてもバリバリだよ？」上司が冗談みたいにいうと同僚たちが笑った。ふざけんな、と私はいえなかった。父親が急に倒れたとうそをついて家に帰った。紙粘土をぐちゃぐちゃに潰してひとかたまりにした。このまま燃やしてやろうかなと思った。でも、紙粘土に罪はない。私は眠って、目が覚めると紙粘土で友だちの顔をつくった。

彼女は私が中学生のときに引っ越して、フェイスブックもやっていないみたいで、いまの顔も、いまどこに住んでいるのかもわからない。私たちは遊んだりしなかったが、私はあんなのことを友だちだと思っていた。私たちは休み時間に寝たふりをしていた。私たちは体育を休んだ。だれからも話しかけられないように本を読んでいた。私たちは共にひとりでいた。私たちは喋ったこともないのに、私は勝手に彼女に共感していた。あんなが大人になったらこんな感じかな。私は顔をつくった。

「きのうさあ、最悪やってん」私はあんなに愚痴を聞いてもらった。「あいつ燃やしたろかな」といって笑った。その日から、私はあんなに話を聞いてもらうようになった。しんどいこと。お金がないこと。ぜんぶ壊れてしまえばいいこと。

いつもありがとうな、私はクリスマスになるとあんなの分もケーキを買った。引っ越すときはあんなだけ業者に任せず自分で持っていった。私たちの話はいつも、あいつを燃やすとか、あいつを土に埋めるとか、そういう終わり方をした。こんな話ばかりで、あんなは楽しいのかな。あるとき私は、あんなの趣味ってなんなん？　と聞いた。中学のときの私たちは、やっていたことが拒絶であっても、空気に操られるように生きていて、趣味とか本当はなかった。私はしばらく待ったが、返事はない。

「これがこわい映画やったら喋るのにな」

私は生きた人間のあんなを探し出し、声を録音してきた。

恋人や家族が家にきたとき、私はあんなをキッチンの下の棚の奥に隠している。かわいそうだと思う。私にはまだ恥がある。もっとあんなに話しかけていこう。話を聞いて、いちばん本物のあんなにしよう。大切なひとたちに紹介して、仲よくなってほしい。あいつを燃やす。あいつを土に埋める。あいつらの悲鳴を聞かせてあげたい。私の話だけでは、退屈だと思うから。

刺繍

喫茶店で刺繍をしていたところなので針があぶなかった。僕が飼っている猫は病気で入院していて、きっともう、あまり長くない。安心して天国にいけるよう、猫と僕がこちらを向いて笑っている図像を編んでいた。猫の葬儀のとき、棺に入れようと思っている。猫の顔くらい小さい布だった。僕は刺繍をするのがはじめてで、手にはいくつも針で刺した痕ができた。そこここから、蚤みたいに丸い血が浮かんでくる。そういうのを見ていると、なぜか少し安心した。それにしても、と僕は思う。僕には刺繍のセンスがあるんじゃない？

刺繍をはじめてやるひとが四足歩行の猫を縫えるかな。ふつう、縫えるとしても二本足で立ってる猫じゃないかな？　布の上の糸でできた猫は頭と肩がまだなかった。いったん針を置いて、刺繍の写真を撮った。取りかかる前と、製作途中に何度も写真を撮っていた。完成したらもちろん写真を撮る。猫が死んだら、刺繍の写真をインスタグラムにあげよう。そう思うと、自分がつめたい人間のように思えてきた。でも、それのどこがいけないんだ。僕は、むしろ逆だ。刺繍してる。猫だってよろこぶはず。猫の目以外を縫い終わったとき、隣に座っているひとが声をかけてきた。

「あんた、さっきからそれ、なにしてるんだ」

「猫です」と僕はこたえた。「刺繍をしてるんです」

「刺繍？　刺繍って、大の男がそんな女々しいことしてるのか？」

僕は一瞬、声が出なかった。こわくて、家に帰った。

気がつくと僕は猫とその隣に立っている自分を縫い終えていた。でも、ふつうだった。遊び心がない。もうちょっとにぎやかでもいいと思って、左上に太陽を縫った。天国らしく、にっこりした目を描くと、太陽はひとの顔のようだったので、その下に首と上着を作った。そしたら、知らないひとになった。猫にも僕にも無関係な人物が、上半身だけの姿でそこにいた。バランスをとるために、右上にもそれと同じものを縫った。知らないひとがふたりいる。僕はそのふたりを、さっき喫茶店で話しかけてきたひとにすることにした。

ふたりいるから、大丈夫だ。

僕はそのふたりのうちの片方を針でめった刺しにした。

すると、しんどくなってきた。だれのことも憎みたくなかった。でも、どうして嫌な目に合った僕が我慢しないといけないんだろうと思って、もっと針で刺しまくった。その隣で僕と猫が笑っていた。

私はゼロ

彼は、自分のおばあちゃんが生きているかどうか、興味がないから知らなかった。私たちはつきあっていた。ある日、正面から、ぜんぜん面識のない男のひとが私に向かってまっすぐ歩いてきて、つきあおうよ、と私にいったのだ。私はゼロだった。マイナスですらない。なにが足りないのかもわかっていない。空っぽのなかに空っぽが満ちていた。やってきたなにかを拒絶する意志がなかった。拒絶するとか、嫌だ、ということさえ、頭に浮かんでこなかった。なにか特別なことが私をそうさせたわけでもなかった。ただ私は疲れていた。仕事から抜け出せなかった。眠れなかった。それで私はゼロになった。私みたいなひとはたくさんいた。そのこともさびしかった。つきあおうよ、と彼にいわれて、私はうなずいたのだと思う。ばあちゃん死んでるか死んでないか、どうだったかな、と彼はいった。セックスをした後だった。どうしてか家族の話になり、妹がいる、と私がいうと、写真見せてよ、と彼は何度か聞いてきた。写真見せてよ、妹ちゃんかわいい？　彼が聞いてくる度に、私は静かに殺されていた。でもそれも、いまにして思えばだ。私は妹の写真を見せていた。彼とは三週間ほどのつきあいだった。急に向こうからの連絡が途絶えた。彼とは別れたし、それから少しして私は仕事を辞めることができたが、それでどうなったわけでもない。私はずっと、私みたいなひとと同じように疲れていて、希望の想像の仕方を知らないままでいる。

「きみが何かされたわけじゃないんだからさ」と恋人はいった。夏だった。体調を崩していた。気を抜いたら泣いたり、過呼吸になったりしてしまう。

「そりゃ、ひどい話だと思うよ？　セクハラとか差別とかっていうのは。でもさあ、なにもされてないきみがしんどくなることないじゃん」

ベッドの上で丸まっていた。その体を締め上げるようにさらに丸めた。脇腹に爪がくい込んだ。別の痛みで、気が紛れるのだと思い込んだ。

「うちらには関係なくない？」

その言葉に吐きそうになった。ちゃんと会話をしたかった。恋人とも、他のひととも。何が起きたのか、どういうひどいことが起きてきたのか。どう止められたのか。でも、そのときはこわかった。何もかもが無理だった。口を押さえ、手のひらを噛み続けた。

僕は泳いだ

悲しさになりたい。僕は泳いだ。没頭できるものを見つけてください、カウンセラーは彼女にいった。僕はさびしかった。彼女と同じになりたかった。僕は泳いだ。傷つけられたのは僕ではない。彼女だった。泣いたのは僕ひとりだった。大丈夫だよ、と彼女はいった。よくあることだから。きみが悲しむ必要はないんだよ、彼女はいった。彼女は微笑んだ。僕には彼女の悲しみが想像できる。想像ができるだけだ。彼女と同じになりたかった。彼女に寄り添う資格がほしかった。悲しくなりたい。僕は眠らなかった。なにもたべなかった。僕は悲しみたかった。僕は悲しんだ。彼女が眠ると僕は泳いだ。冬の屋外プールで泳いでいる。放置され、水も抜かれず、少しも清潔ではない箱のなかで。水のつめたさに身を切っていった。僕は悲しさになれない。僕のままだ。彼女ではない。彼女をここに連れてきたい。彼女は泳ぐ。水のつめたさが彼女の傷を切っていく。僕は水を飲む。彼女の傷を飲む。水が僕らを切っていく。僕らは細かくなる。さらに細かくなる。僕らは水に溶ける。僕らはどろどろになる。プールは殻となる。僕らは蛹の中身になる。時間が経つ。僕らは変わる。だれにも傷つけられない。僕は泳いだ。

二十歳になったら悪魔になる

　あたらしい名前がいる。あと一分で日が変わる。あした私は二十歳になる。こんなに生きてきた。世の中のことがだいたいわかってきた。狂ってる。病んでいる。あしたになったら、名前をあたらしくする。二十歳になったら、私のことを悪魔と呼ぶ。みんなもそう呼ぶことになる。なぜなら私はもう私のことを悪魔としか呼ばないし書かないからだ。私のことは私が決める。私のことを悪魔と呼べ。それでどうなってもいい。なにをいわれても、私は大丈夫だ。私には鎧がある。私にはレッテルが貼られている。でもそれは私が私のために用意したもの。みんながレッテルを貼ってくる、その前に私が私を悪魔にする。もう、あなたたちの声は私に届かない。これが私の悪魔という鎧。二、一、ゼロ。二十歳だ。私は悪魔。名前のとおりひどいことをする。みんなの話に笑ってやらない。イライラする、と私はいう。

てるてる坊主

老人ホームに入れられた。イラっとした。でも俺は嫌がったりしなかった。息子夫婦が勧めるがままに従った。この家に俺がいなくていいんだなと思った。俺はさびしかった。だから、俺が老人ホームで死んで、息子夫婦が後悔すればいいと思った。俺ともっと仲良くしておけばよかったと、あいつらが思えばよかった。でもあいつらは本当には後悔しない。そのことを俺は知っている。

雨が降ると、てるてる坊主を作る。

この老人ホームの慣習で、出来上がったてるてる坊主を保管するためだけの部屋さえある。最初、職員にその部屋の前まで案内されたとき、俺は目の前が真っ白になった。文字通りの意味だ。扉を開けた先に、何か真っ白いものがあってチカチカしてる。目が痛くなった。気分が悪くなり、その場にしゃがみ込み、気がついたら俺は医務室で横になっていた。あの部屋のなかには何万人ものてるてる坊主がいる。ティッシュやナイロンではない特別な素材で作っている。光が乱反射し合って目にきつかったのかもしれません。あとでそういわれた。

自分でも意外だが、俺にはてるてる坊主を作る才能があった。職員も他の入所者もすごく褒めてくれる。「こんなに丸いのってないよ」おだてられているに違いない。それでも俺はうれしかった。自分に自信がつく感覚、ひとに構ってもらう感覚を思い出した。安心して眠れたんだ。

ロビーの大きな窓にてるてる坊主をいくつも吊るして、目が覚めると晴れていた。陽の光が熊手みたいなかたちで入ってくる。俺は他のじいさんばあさんといっしょに、てるてる坊主を保管部屋に運んだ。一番大きいもので三メートルある。ひとつひとつの首の裏に数字が書かれていて、きのう作ったものに新しく書いていく。７３５６１。つまり、７３５６１人のてるてる坊主がこの部屋にいることになる。ぎゅう詰めで、規則正しく並んでいない。とっくに壊れて、中身が飛び出しているものもあるだろう。「なんで捨てないんですか」俺は聞いた。「雨を止める力があるんだ。そんな簡単に処理できるわけないだろう。前はもっとあったんだよ？　でもあんたがくる半年前に、何人かあっち側いったからね。いっぱい捨てれたんだよ」「あっち側？」俺がそう聞くと、あ、いや……と急にお茶を濁しはじめた。いまのは聞かなかったことにしてくれといい、そいつらはそそくさと外に出た。

目の前でドアが閉められた。それではじめてわかったが、保管室のドアは外からしか開くことができないドアだった。どういうわけなんだ。俺は扉を叩いて、開けてくれ、開けてくれと叫んだ。結局、俺は助かったが、途中で叫ぶのにも疲れ、床で圧縮されているてるてる坊主の上に寝転んだ。天井からは無数のてるてる坊主が、それこそ雨みたいにぶら下がって俺の姿を隠していた。異常なくらい白かった。ときどき、色のちがう目や口が潰れて歪んでいるのが見える。

ここでの生活に慣れてくると、俺はドアを開け放したままそこで昼寝をしたものだ。てるてる坊主はいいクッションだった。そういう年寄りは何人かいて、いつも俺より早くそこで眠っていて、いつも俺の方が先に起きる。「あのひとたちはだれなの。あの部屋の外では姿を見ないけど」と俺が聞くと、入居者や職員も、俺を見て苦笑いする。「あんたも、だいぶてるてる坊主に姿が似てきたね」といわれる。確かに、俺はなんだか色が白くなってきた。「がんばってよ？」といわれる。何のことかわからないが、俺はがんばる。

おばけの練習

あたらしい家のなかにはだれもいなかった。なにもなかった。ラ・ラ・ラ～、声がよく響くから妹が歌っていて、私も本当は歌いたかったけれど妹が歌っていたので歌わなかった。妹はあほ。私はお姉さん。妹がすることを私はしない。引っ越し業者さんたちが家に入ってきて、私と妹のあいだに荷物を積み重ねていく。私たちの姿は見えなくなって、妹の歌だけが聞こえた。

突然、歌が止まった。途中で、時間ごと止まったみたいに。妹が消えてしまったみたいに歌が終わって、それがどうでもいいことみたいに荷物が積まれていく。

積まれていくダンボールを私は殴ってみた。妹のことが心配だったから。ダンボール越しに振動が伝わって、妹がはしゃいだらいいのにと思った。でもなにも起きない。私は、本当にめんどくさくて仕方がない、世の中にこんなにだるいことがいまだかつてあったかな、みたいな顔をして、ふんふん鼻息を出しながら、ダンボールを迂回して、妹がそこにいるのかどうか確かめた。

妹がいた。

妹は白いシーツをかぶって、おばけになっていた。

それは妹のシーツだった。荷物も家も、なにもかもがあたらしいなかで、そのシーツだけが汚れていた。妹が昔から使っていたもので、もっと昔には私も使っていた。まだ妹が生まれる前、私がひとりのとき、私はおばけになって、自分が死んだときの練習をしていた。私はそのシーツが好きだった。好きなものだから、妹にプレゼントしたんだ。

私はシーツといっしょに妹にルールを与えた。

おばけになっているときはなにも話してはいけない。

おばけになっているときは歌ってはいけない。

おばけになっているときはだれからも姿を見られない。

だから私は、その日は一日中、妹のことを探した。妹、知りませんか。私の妹、知りませんか。

引っ越し業者さんに聞いて回った。私の隣には、妹のかたちをしたシーツのおばけが立っていた。

さあ、知らないね、と引っ越し業者さんはいった。私は妹の名前を呼んだ。返事はない。母と父と祖父母に聞くと、妹はいないんだよ、といわれた。私は泣いた。妹が死んだときのことを考えた。

妹の好きな曲を歌った。

ラ・ラ・ラ〜。

笑い声が聞こえてきた。それで私も笑ったけど、そのすぐあとに怒った。おばけが話しかけてきたからだ。

「お姉ちゃん」おばけはいった。「この家きらい」

「しゃべるな！」

「だって、わたしの部屋ないもん」

妹は私のルールを破った。それどころか、シーツを自分の部屋にして、かぶったシーツのなかから出てこないようになった。妹はすーっと家のなかを横切っていく。それで、リビングでも廊下でも、どこでだって、おばけがしゃがんだりしたら、シーツがぼわっと床に広がって、そこがもう妹の部屋になる。妹はそこでごはんをたべる。そこで漫画を読む。歌う。おしっこもシーツをかぶったまますする。お風呂に入らない。くさい。死んだらいいのにと思ったが、おばけなのでもう死んでいた。もういっこ部屋つくってよ、と私は親に頼んだ。

小説とケーキ

　私の部屋のドアは下に少し隙間があって、そこから母の片眼が覗いている。私を見ている。私はそのとき、推しと私のまんなかバースデーをしていたところだ。推しの画像やポスターやグッズの目の前でケーキをたべていた。母は甘いにおいに誘われてここまできたのだが、私の部屋には鍵がかかっていた。

「いいね……」母が扉の下からいう。母の長い髪が顔のほとんどを覆っていて、母が息をする度に、くしゅー、っと毛が吹かれて私の部屋を波のように侵していく。床にある、印刷して推敲途中の私の小説の上に、囃し立てるみたいにぼたぼた毛先が落ちてくる。

「糖質制限してるんじゃなかったっけ?」私は母にいう。「トウシツセイゲン?」母は機械みたいな声でいう。ケーキがたべたいのだ。「トウシツセイゲン? トウシツセイゲン?」母は狂ったように何度もいう。「はいはいはいはいはいはい。わかったから」と私はいって、ドアを開ける。「ひと口だけだからね？」

　母は廊下に顔をつけていたので、頭と髪の片側は埃にまみれている。ケーキをひと口たべるとおいしさで母はぶろんぶろん震え、埃がケーキに落ち、表面の糖衣と埃の見分けがつかなくなっていく。「あああぁ！」と私は叫ぶ。「推しのためのケーキが……」ふーっ。ふぅぅぅぅぅぅぅっっアァァァァっ！　ケーキに息を吹きかけて埃を飛ばそうとするが、もうだめだ。推しに埃が入ったケーキをたべさせるわけにはいかない。ごめんなさい、ごめんなさい……。

　えっ、なんで泣いてるの？　と母がいってくる。今日は、推しの誕生日と私の誕生日のちょうど中間の日で、まんなかバースデーである、だから私はお祝いのために推しとふたりでケーキをたべていた、それなのに母さんが台無しにしたんだ、私は泣きながら母に説明するが、母はピンとこない。「でも、その、あんたの推しの、コハクさんの本当の誕生日がそのうちくるんでしょ？」

　そうだけど、そういうことじゃない。

「それにしてもおいしいケーキ。もうひと口もらっちゃお。ぺろっ。これいくらしたの？」

「え、いくらでもいいでしょ」

「どこのやつで、いくらしたのよ。教えてよ。今度、るみちゃんが結婚するの知ってるでしょ？あんたの中学校の同級生だったるみちゃん。お母さん、このお店のケーキ持っていっちゃおうかな」

「え、るみちゃんって……高井戸さん結婚するの？　え、てか、なに、お母さん、なんで私の同級生と仲いいの？　私、高井戸さんと別に仲良くなかったんだけど」そのあと母は、高井戸さんと夫さんの馴れ初めを聞いてもいないのに話しはじめた。この話の流れだと、母は私に結婚しないのかと絶対聞いてくる。うっとおしかった。話を変えないといけない。「に、に、に」と私はいう。

「二万……」

「なにが。あ、え？　二万って、もしかして、ケーキの値段？　あんた、そんなお金どこにあったの？　そんな高いケーキなんか買うんだったら家にちょっとでもお金いれてくれてもいいじゃない。お母さんもお父さんも、あんたのこと応援してるんだよ。小説を書いてたべていきたいっていうあんたのことを。あんたがアルバイトもしてないのは、小説をがんばりたいからだってお母さん思ってた。でも、親からもらったお小遣いをこんなことに使うんなら、そのうちお母さんたち、あんたのことを応援できなくなっちゃうよ？」

「小説とケーキは関係ないでしょ……」

「やっぱり、鹿児島のおじさんの会社にお世話にならせてもらう？　一度は断ったけど、やっぱりお世話になりたいですって頼めば、鹿児島のおじさん、ああ見えてあんたのこと、就職しないのはそれはそれで根性がある、おれは根性があるやつが好きなんだ、っていってたよ？　ねえ、今からでもそうする？　そうしようか。今晩にでもお父さんに話すから、そしたらあんた、お給料でケーキなんていくらでも買えるし、あら、そうだ！　素敵なひとがいるわよ、向こうにいったら。恋愛ってね、なにもそれで人生が変わるわけじゃないんだから、もっと気軽な気持ちであんたも試しに――」

「ああああああああああああ、うるさいな！　うるさいなああ！」

私は母を追い出そうと、肩を両手で押して扉のところにまで追いやった。その途中で、くしぇ、と音がした。母の踵の下に私の小説を印刷したものがあって、捩れている。もう何か月も書かずに放置しているやつだ。私はそのまま扉を閉めようとするが、母は私の部屋から出ていかないので、私が閉めはじめた扉がそのまま母の顔にぶつかってしまった。

「いたっ」と母はいう。見てですごく痛そうだった。扉を元にもどすと、母は涙目になっている。

「ねえ、ちょっと考えてみてよ」母は話を続けようとするが、思ったより痛いらしい、しゃがんで、うつむいてしまう。

「お母さん、心配なの」と母はいう。

知ってる。そんなことは、知ってる。

誕生日

「誕生日を書いて」連絡先を書いたり、交通費の申請書を書くのと同じ流れで、バイトの初日、私を指導する若い社員にいわれた。この職場には、社員やバイトの誕生日を祝う習慣があった。私は誕生日を書いた。「おおー！」と社員はいった。「今日じゃん！」今日、私の誕生日だった。おめでとう、といわれた。他の社員やバイトさんも集まってきて、別会社の清掃のおばさんにもおめでとうといってもらえた。みんな、間に合わせで悪いけど、といって、かばんのなかに入っているフリスクやカロリーメイトをくれた。「今日、この子誕生日なんですよっ」マネージャーがお客さんにいった。「あ、おめでとうございます」とお客さんがいってくれた。おめでとう、おめでとう、おめでとう、今日出勤していないひとたちから、グループラインでお祝いがきた。私は泣いてしまった。

「でも、かなでちゃんの誕生日もちゃんと祝えたらよかったねえ」半年後くらいに同僚のメイさんにいわれた。私はそのとき、メイさんといっしょに、他の同僚の誕生日プレゼントを買いにきていた。当然のように、バイトが休みの日だった。時間外勤務だ……。私は帰りたかった。ちょっと具合が悪くて、といおうかどうか散々迷った末に、私はいわなかった。それでいま、シフトが被ったことがない同僚の誕生日プレゼントを買いにきている。

「なにがいいかなあ☆」とメイさんはいう。「なにがいいのだろうか☆」

「えっと、そのひとってなにが好きなんですか？」

「わかんない☆　あはは☆☆☆☆」

私たちはイオンにきていた。この辺りに大きい商業施設はイオンしかなかった。誕プレはイオンでやりくりしていて、今は、一周まわってあたりさわりのないものを選ぶムードになってきている、とメイさんはいった。「せっかくだからよろこんでほしいよねっ☆」とメイさんはいって、私たちは五時間イオンをうろうろした。

七回目にヴィレッジヴァンガードに入ったときだ、メイさんが首をぐぐっ、ぐぅっと捩じった。私に後頭部を向けて、自分の腋に噛みつくような体勢でメイさんが、とても小さな声で、だる、といったのを私は聞き逃さなかった。

私は誤解していた。メイさんは、語尾に☆とかついているし、率先して他人の誕生日を楽しんでいる一派だと思っていた。

だよね、と私はいった。メイさんが勢いよくこっちを向いて、その拍子にメイさんのつむじが私の顎を掠めた。メイさんが私を見つめた。メイさんの目玉が大きくなって、髪が少し逆立った。メイさんは口角を上げた。そのあと、私たちはバイト先の風潮に対する不満を言い合うのだろうと思った。でも、そうはならなかった。ヴィレヴァンで、同僚への誕生日プレゼントとして『ＡＫＩＲＡ』の全巻セットを買って、帰っただけだった。

帰りのバスでは、メイさんはまた語尾に☆をつけはじめた。私はとても疲れていたのに、メイさんは若返ったみたいに肌がつやつやしてにこにこしていた。もしかして、と私は思った。私は弱みを握られたのかもしれない。でも、こっちだって。でも、だからといって私たちはなにをする？

結局、私たちはなにもしなかった。次の日、メイさんが同僚に誕生日プレゼントを渡している写真をグループラインで見て、わー、おめでとうございます、いい笑顔、と私は書いた。

歩いて三分のコンビニにいって、家に帰るまでのあいだに虹を見た。九つもだ。「やばない？これ、ギネス記録ちゃうん。ギネスに申請しよか。なあ？」俺がそういっても、四人とも無言だった。テレビゲームに集中している。「なあ、聞いてる？ 聞いてへんやろ。絶対ギネス取れるって。何メートルの間でいくつ虹を発見できたか、っていう記録。賞金とか出るんちゃうん。知らんけど」やっぱり無視だ。「俺の家にゲームしにきてるだけやん。俺いらんやん。ゲームがあったらえんか。そんなに新しいスマブラおもしろい？ きのうもおとといもおまえらそうやったで。夏休みのあいだずっと俺のこと無視？」俺は泣いてやろうと思った。でも涙が出てこないので、目薬をさした。過呼吸になったふりをした。落ち着くと、虚しくなってきてひとりでゲームをした。俺には友だちがいないので、友だちがゲームをしにきた妄想をしたら、さっきみたいになった。なんでなんかなあ、と俺は、部屋にいつも俺のひとりごとを聞いてくれる猫がいるかのようにいった。

ジョン・トラボルタ

私がジョンと呼ぶのでだれも彼がジョン・トラボルタだと気がつかない。私たちが廊下で上司とすれ違うとき、思いきってトラボルタと呼んでみたがそれでもだ。私とジョン・トラボルタは仲がいいインターン生同士としか思われていない。これはチャンスではないか？　だがいったい何の？

意外なことに、インターンが終わっても私たちの交流はつづいた。慰労会で交わした約束通りに、彼は私の部屋にエアコンを修理しにきた。ご丁寧に灰色の作業着を着ていて、河でいちばん強いクロコダイルのような顔が一層際立っている。

修理は二〇分で終わった。フィルターが汚れていただけだったのだ。「末代まで一度も掃除したことがなかったんだよ」とジョンはいった。きっと何か昔を表す言葉と「末代」を言い間違えたのだろう。彼は自分の仕事ぶりが気に入ったらしく、私の部屋で中華料理のデリバリーを待っているあいだ俳句を作ろうとしていた。なかなかうまくはいかず、彼が頭を掻くたびに埃とフケが落ちてきて、西日のなかで光りながらフローリングの溝を埋めていった。

「ねぇ」と私はいった。「わたし子どものときさあ、雪のこと神さまのフケだと思ってたんだよね」

私はティーバッグをちょんちょんしていて、彼の目玉がそれに合わせて上下した。

「じゃあ、雨はなに？」とジョンが聞いた。

「神さまのおしっこ！」

私は右腕を高く突き上げた。ティーバッグがミニチュアの釣り糸のように揺れ、紅茶のしずくが点々と床を走って彼のあごにまで登っていった。

ハ・ハ・ハ！　彼は笑った。いまにでも踊り出しそうだった。実際、立ち上がってくるっと一回転して、どうだい？　というように両手を脇の横に広げ、ジャジャーン、といった。

その体勢のまま、「葉巻、吸ってもいいかな」と彼はいって、私が頷く前にベランダに向かった。

私の部屋はマンションの二階で、まったく景色がよくない。向かいのビルの壁しか見えず、ベランダから見下ろした道路には何日も放置されて路地の染みになりかけている吐瀉物があった。

彼はこちらを見ていた。にこにこしている。葉巻をすぱすぱ吸って、完璧な笑み。うっとりしてしまう。まるで私の脳や神経に直接作用しているかのようなスマイル。

不意に、私は思った。この人は本当にジョン・トラボルタなのだろうか。いくらジョン・トラボルタでも笑顔すぎる。いやにテンションが高い。不気味だ。ジョン・トラボルタ本人というより、何かそういう、機械のような……。

私はベランダの鍵を閉めた。その状態で、ゆっくり三〇秒数えた。

「森は神さまの陰毛だね」

部屋にもどってきた彼はそういった。

「え？　ああ、そうだね」私はいった。

もう彼に帰ってほしかったが、まだ中華料理がきていなかった。

「顔の輪郭がスティーブン・セガールに似てるっていわれたことない？」私は聞いた。

「んー、ないかな？」

「言動がニコラス・ケイジっぽいっていわれたことは？」

「それもないね」

「そっか」

私はこんなことをいいたいわけではなかった。もっと聞くべきことがあった。だが、彼がジョン・トラボルタでなかったとして、サイボーグだとして、それがどうしたというのだ。インターンで私たちは散々鼓舞しあったではないか。

「なあ、どうしたんだい?」と彼がいった。私たちが同年代かのような口ぶりだった。彼は私の祖父と同い年だ。いま、二〇一九年で六五歳。それで? だから?

「ううん、なんでもない」

ふつうジョン・トラボルタが製薬会社のインターンに参加する?

そのとき、チャイムが鳴った。中華料理がきたのだ! これが何かの区切りになってくれるはずだ。私が急いでドアを開けると、マンションの廊下に立っていた大阪王将の店員がパッとうしろに飛びのいた。ひゅー、とジョンがリビングから口笛を吹いた。私は代金を払って、商品を受け取ったが、店員は動こうとしなかった。私の背後――彼がいる――をじっと見て、ちょっと半笑いで目を見開いていた。私は口角を上げた。その気持ちわかりますよ、まさかこんなところにジョン・トラボルタがいるなんてね、このことは内緒ですからね、そういう顔をしながらドアを閉めた。

私とジョンは中華料理をたべながら彼が出演する映画を観た。「すごいねえ、ジ、ジョン、ト、トラボル、タ」と私はいった。彼はきしんだレゴブロックのように首を回して、私を見た。彼は笑った。声を出して笑いながら私を見つづけた。私は大きなげっぷをした。それがこの状況をどうにかしたいという私の精一杯の意思表示だった。彼もげっぷをした。同意だろうか。わからない。くさかった。

私たちは酒を飲んだ。酔いつぶれた。早く私たちはねむるか気絶するかして、時間にちぎれてほしかった。彼の口から垂れた泡が、灰色の無精髭に絡めとられては弾けていった。彼は「葉巻、吸ってもいいかな」といって、私が頷く前にベランダに出ていった。私はベランダの鍵を閉めた。ゆっくり三〇秒数えたが、今度は鍵を開けなかった。「ジョン」と私はいった。もう一度いった。彼には聞こえず、夜になって窓には彼よりも私が強く映っていた。カーテンを閉めた。

好きなひとと同じときに体調を崩してるとうれしいよね

好きなひとと同じときに体調を崩してるとうれしいよね。繋がっていると思うし、いっしょに苦しんでるんだと思うとたまらない。

私がそういったら、教室にいた何人かの背筋が伸びたのがわかった。私の顔を見たひともいれば、口を押さえて目を見開いているひともいる。やっぱり、同じことを思っているひとはたくさんいるんだ。

でも、私たちの考え方がぜんぜんわからないひともいる。え……とかいって半笑いになったクラスメイトも、大人になったら気づくだろうか。ひとは元気なときよりも、体調が悪いときの方が、なにかを思ったり願ったりするエネルギーが濃いのだ。私は授業中ずっと祈っていた。好きなひとの体調が早く治りますように。それが叶ったら、体調が悪いのは私だけになるので、これは愛だなと思った。

妹をミイラにしてあそんでいた。妹の体のぜんぶにぐるぐる巻いたトイレットペーパー越しに、妹の感覚はぼんやり白くなっている。目が見えにくい、聞こえにくい、息がしにくい。大切なひとの姿もよくわからない。私はミイラにお母さんとお父さんを襲わせた。ぐわああっとふたりは叫んでから死んだ。私は両親にトイレットペーパーを巻き、ミイラとして蘇らせた。次はどうしようかな。もう、家のなかに生きているものはいなかったので、私は三人のミイラを従えて外に出た。雪が積もってる。腰くらいまで雪に埋もれながら私は歩いた。ミイラたちは歩くのがとろくて、雪でべちゃべちゃになったトイレットペーパーが体に張りついてくる、耳の穴や目や口のなかに入ってくる。すごくしんどそう。私はミイラたちにかわいそうなことをしちゃってる。それでも歩いていった。なにをしたら退屈じゃなくなるか、なんにも思い浮かばなかったから。吹雪で少し先の景色がわからない。地球全体がぐるぐるトイレットペーパーで巻かれてる。私は何度もこけた。しばらく雪に埋もれていた。ずっとこうしてたい。なにもしたくない。でも私が死んだらミイラたちが途方にくれてしまう。途方にくれてほしいな。起き上がると、私ひとりだった。雪は白くて、ミイラは白かった。いちど見失えば探し出すのは大変なことだ。私はひとりで家に帰った。ミイラを使っての世界征服は延期することにした。悲しい。お腹がすいた。早く、お母さんかお父さんが帰ってきてごはんをつくってくれないかな。私は待っていたのに、いつまでもやってこなかった。

いまどこにいるの

なにでひとが傷つくかわからないから、ひとと話すのをやめた。もし僕の言葉でだれかが傷ついたら、僕は死にたくなるから。

リビングの机の上に、そう書いた紙が置いてあったのが三年前の今日のことだ。お兄ちゃんは姿を消した。

姿だけだ。お兄ちゃんが置いていったパソコンはずっと起動していて、チャットの画面を開いている。そこにお兄ちゃんは文字を書き込んで、私と話している。お兄ちゃんいまどこにいるのって、聞くのはずっと昔にやめてしまった。その言葉はお兄ちゃんを傷つけるから。

私たちは観た映画や本の話をする。あれおもしろかったね。最高だったね。お兄ちゃん好きだと思う。めいこも好きなんじゃないかな。ひとの話はしない。作品の話ばかりだから、私たちはたくさん会話をしても大丈夫だった。

部屋のドアが叩かれる。三回、でも、とってもやさしい音で。お母さんがドアを叩いていて、私は鍵を閉めている。めいこー、とお母さんはいう。お兄ちゃんに、元気にしてるか聞いてくれないかな。

お母さん、と私はチャットに書き込む。それだけで、お兄ちゃんにも伝わる。私たち三人は、何度も同じことを繰り返してきた。元気だよ、とお兄ちゃんはいつも書いた。元気にしてる？ って親から聞かれたら、私たちはそうこたえるしかない。

お兄ちゃんが姿を消して二年と二九五日目に、お兄ちゃんがオフラインになった。はじめてのことだった。単にパソコンが壊れたり、ネット環境が乱れただけだ、そう思った。そう思い込もうとして、次の日も次の週も、今日も、お母さんがドアを叩くと私は、お兄ちゃん元気だってー、と部屋のなかからこたえた。

星を読まない

小学六年のときから中学三年くらいまでのあいだ、持っている本に「星」とか「太陽」という言葉を見つける度に黒く塗りつぶした。好きだったから。

星が好きだった。夜に星が見えるのと同じくらい、昼間に星が見えていないのが好きだった。見えなくても空の上にある。ひとつひとつちがうやつがある。生きていたり死んでいたりする。

何億光年か前に死んだ星の、生きているときの光を私が見ていること。何億年も経たないとその星が死んだことの光が届かないこと。月も地球も、太陽も、星。私は星の光を浴びて生活をしてる。色が見えている。すごすぎてわけわからん。大人になったいまでも、ふとしたときにぞっとする。

「太陽」という言葉。「星」という言葉。やばいものが言葉としてわかられている。だから私は、黒く塗りつぶした。名前を消した。わけがわからないものとして、ただ感じていたかった。「風」「好き」「石」「火」「髪の毛」言葉をどんどん消した。持っている本が黒くなる。

ヤドカリの家

帰宅するとシェアハウスメイトが床にしゃがみこんで丸くなっていた。「なにしてんの」と聞くと、「ヤドカリのものまね」という。「失恋したから殻に閉じこもりたいねん」

私は彼女の隣で同じように小さく丸くなり、自分の体を抑え込んだ。

しばらくするとドアが開く音がして、もうひとりのシェアハウスメイトが帰ってきた。彼がなにか聞くよりも先に私は「ヤドカリの練習してんねん」といった。「そうなんや。おれもしていい?」と彼がいう。

私たちは三人でヤドカリになった。しばらくそうしているうちに、脚が痺れてきた。心の痛みに体が追いついてきた。他人の悲しみだからそう思えた。

彼女から寝息が聞こえてきた。「ねてる」私がいうと、彼が毛布を持ってきて、私たちの背中にかけた。

「ヤドカリの家」と彼がいった。「薄い薄い家やけどな」

「すぐ遊びに出かけられてええわ」と私はいった。

トカゲの死

姪がトカゲを拾ってきた。

「これってワニの子ども？」

「そうだよ」

私はうそをつくことが好きだった。ひとによろこばれたり、構ってもらえたりするのが好きだ。死ぬまでそうだった。

「やっぱり」姪はいった。「かっこいい〜」

姪はトカゲと自撮りしはじめて、私も混ぜてもらった。

私の家に帰ると姪は私の部屋に真っ先にいって、それからトカゲを私の家のなかに入れた。模型の家だ。この家そっくりで、私みたいなひとが生活している。私が子どもの頃に買ってもらったものので、そのなかには人間たちがいる。立っていたり、座っていたり、笑ったり怒ったり、まだ名前のついていない表情をしたりしている。模型を見ていると落ち着く。そっちが現実の世界なんだって思うことにしている。そっちの家の窓から見た私は、世界を真似た大きい模型のなかにいる登場人物なんだ、そう思うと、つらいことがあっても耐えられる。耐えられなくても、そういう役として私には価値があるから。ここは現実よりはめちゃくちゃじゃないところ。適切な終わりがくる。
模型の家のなかではトカゲは人間より大きい。壁や天井に貼りついて蠢き、青い体が光っている。

「恐竜みたいだね」

「ワニだよ！」

びるるると舌を出す。

姪が歯を出す。

「ワニ！　こっち向いてワニ！」

姪はトカゲのしっぽをつかんで目の前でぶらぶらさせた。トカゲの体が揺れ、ゆっくり姪の顔にあたる。姪はまばたきひとつしない。トカゲの指が姪の睫毛を梳く。しっぽがちぎれてトカゲは逃げた。姪は泣きそうになったけど泣かなかった。

その数日後、トカゲはベッドの下で埃にまみれて死んでいた。もう休日が終わって姪は親の家に帰っていた。私はひとりだった。まだこの場に姪がいるみたいに手を握った。

トカゲを模型のなかに入れた。ベッドの下には入りきらない。生きていたことを知るひとがこっちよりも多いといいな。

サランラップ

サランラップはひと箱50メートルもある。それをぜんぶ伸ばして弟が部屋中に張り巡らせていた。なんだよ、これ、と俺はいった。蜘蛛の巣みたいじゃないか。

本当に蜘蛛の巣みたいだった。纏まって捩じれて壁や床を結ぶサランラップは鈍く光を吸収している。なあ、おい、と俺はいう。サランラップを無駄にするんじゃないよ。いったいだれが新しいの買ってくると思ってるんだ。

弟は働いていない。俺がお金を稼いでいる。マクドナルドでのバイト代でやりくりするのはかなりきつい。俺と弟の年金は弟の薬代に消えていく。ここしばらく弟は調子がいいみたいだった。だから俺は、きょうは奮発してケーキを買って家に帰ってきた。それなのにふたりで暮らす六畳一間がサランラップでこんなことになっている。やっぱり、と俺は思う。新しい薬の副作用かなにかかもしれない。

弟は定年退職してから無気力になった。何年も引きこもり、痩せて、目の下のくまが深い海みたいに黒くなった。俺は弟を病院に連れていった。弟は鬱なんじゃないかと思ったからだ。診察室から出てきた弟は少しだけすっきりした顔をしていた。その場で医者に薬を注射されたらしい。どういう症状で、どういう薬なんだ？　俺が聞いても、忘れたと弟はいう。もうボケはじめたのか？俺がいらついても、弟は薬のせいでぼーっとしている。しかも保険適用外の薬だ。家族にもちゃんと説明をしろと医者に詰め寄ってやろうかと思ったが、俺は夜勤のバイト帰りで疲れていた。でも、その日からなんだ。弟がおかしくなったのは。植木鉢の土をたべたり、麻袋をかぶって部屋を歩き回ったりする。俺は苦情の電話を入れた。落ち着いてください、お兄さん。でもね、お兄さん。薬がないともっとひどいことになるんです。弟は今日、50メートルあるサランラップを部屋に張り巡らせている。弟はゆっくり、単調な足取りでなにかの儀式みたいに部屋中を歩き回っていて、何重ものラップ越しに姿がぼやけている。弟というよりぼやけた色のかたまりみたいで、そのなかでなぜか目のところだけ異様に色が濃い。ありえないほど赤い目をしている。こいつは、なんだ……。

本当に俺の弟なのか？

そいつから、声がしてくる。

きょうは、とそいつはいう。お兄ちゃんの誕生日でしょ？

ちがう、と俺はいう。お兄ちゃんの誕生日は先月だぞ。

ああ。お兄ちゃん。さいきん薬飲んでないんでしょ……。きょうなんだよ。お兄ちゃんの誕生日は。

ちがう。

ふたりで部屋を飾りつけしたじゃないか。きれいだね。

俺は、弟がなにをいっているのかよくわからない。弟は冷蔵庫からケーキを取り出して、その上に俺の歳の数だけ蠟燭を立てる。火を点ける。80本くらいある蠟燭に点けられた火が、かたまりになる。

関節でも違えてしまったのか、肩車をした拍子に息子の股間が私の首にくっついてしまう。はじめの内は息子とずっといっしょにいられることがうれしく、職場の同僚や取引先は息子の愛嬌のよさに微笑んでくれたが、それから四十年が経った。

身体上の理由で妻とは離婚したし、身体上の理由で息子は働くことができない。還暦を越えて何年も経っているのに私ひとりが働かなければならない。あんなに可愛らしかった息子はもう中年で、更年期障害がきているのか、尿が予告なしの突然のタイミングで私の首すじを伝って背中をびしょびしょに濡らしていく。

「ごめんよ、父さん」と息子はいう。わかっている。一番つらいのは息子なのだ。それでも私は時折、全速力で駆け抜けて家の玄関や社内通用口に息子の頭を思いきりぶつけたくなる。

「本当にごめん」と息子はもう一度いう。私はなにもいわない。かばんを持ってトイレにいき、個室に閉じこもり、体を拭き、二人羽織用のような特注の服に着替えるだけだ。

私は人事部にいる。面接官をしている。息子と一体になった私の姿を見て、ふだんは隠している差別心があらわになる就活生が多いからだ。「スムーズに進んで助かるよ」と上司はいうが、あんたは私の息子の気持ちを考えたことがあるか？「父さんいつかあいつのこと殴ってやるからな」と私は息子にいうが、私が口だけの人間であるということを私たちは知っている。

今日も面接がある。相手は大学生だ。私たちの姿を見たときの一瞬の反応によって、次の面接に進めるか落とすかを決める。だから、きみたちが何をいうかなんて実は関係がない。

きみたちの受け答えも、私たちの質問も機械的だ。この場では感情が見えない。今日も当然のようにそうなるのだろうと思っていたのだが、違った。息子が涙を流していて、涙は私の頭皮に落ちて顎まで伝ってきた。「おい、どうしたんだ」私はささやく。「ひと目ぼれしちゃったんだ」と息子はいう。どうやら目の前にいる就活生も同じらしく、私はあとで私の頭の上の息子と脚立に登った就活生のキスの音を聞くはめになった。ふたりのセックスを想像した。ふたりはもしかしたら結婚するかもしれない。子どもができるかもしれない。私の孫だ。この話にたいした終わりはない。息子が結婚してもしなくても、恋人とのあいだに子どもがいてもいなくても問題はない。他のひとと姿こそ違えど、私たちのような疲労と苦々しさを持ったひとたちはたくさんいるだろう？　せめて、そう思わせてくれ。と、私の頭皮になにかが落ちて、額を伝って目に入ってきた。息子と恋人の唇から垂れたよだれだ。「勘弁してくれよ」と私はいう。ふたりとも聞いちゃいない。

隠れ家的布屋さん特集２０４９

定年退職後しばらく父はキルティングにはまっていたが、いつの間にか布屋さんを巡ることの方が好きになった。毎年刊行されている雑誌『隠れ家的布屋さん特集』を――三キロもあるというのに――片手に持って、路地のなかや森のなかにある布屋さんを訪ねてはインスタグラムに写真を上げて人気になり、マッコ・デラックスの番組にだって出たことがある。「死んだら葬式でそのときの映像を流してくれ」と父はいう。権利の関係で無理だと思うし、父はしばらく死なないと思う。私が定年退職する歳になってもぴんぴんしている。

母が死んでから、父は痛々しいほどに隠れ家的布屋さん巡りにのめり込んだ。いつも家を空けて、その年の『隠れ家的布屋さん特集』に載っているすべての隠れ家的布屋さんを制覇した。路地のなかや森のなかになんて、隠れ家的布屋さんはもうなかった。どんどん過激になってきていて、個人宅の浴室のなかや企業の資料室、展示用スペースシャトルのなかにさえ隠れ家的布屋さんは進出している。「おまえ暇だろ」父はいった。『隠れ家的布屋さん特集2049』巡りに私を付き合わせようとしている。正直、私は私で、定年後はFPSゲームでも極めようと思っていたのだが、「オッケー」と私はいった。私たちはお互いこんな歳なのに、私は父のことをあまり知らなかったから。

父と私は2tトラックで旅に出た。食糧や衣服や、介護用品や生理用品を荷台いっぱいに詰め込んで、隠れ家的布屋さんを巡りながら各地に配っていった。父がこういうことをしているなんて意外だった。「避難所に、隠れ隠れ家的布屋さんがあることがあるからな」と父はいった。照れ隠しだ、と思った。「隠れ隠れ家的布屋さんは雑誌にも載らねえんだ」父と炊き出しをして、ひとの役に立ててると思うとうれしかった。災害がどんどん起きて、復興が間に合わない。二〇四九年にもなれば車は空を飛びはじめ、月に住むくらいできてると思ってた。全国に父と顔見知りのひとが何人もいて、父はよく笑っていた。「俺の娘だからよ」父は私を紹介した。「これから頼むわ」必ず父はそういって、頭を下げ、私は喉が痛くなった。父は自分が死んだあとの、私のことを考えている。

私は涙をぬぐって父の手を引っ張った。外国を巡り、アメリカから月へ向かった。私たちはまだ住めないけど、隠れ家的布屋さんは月に進出している。雑誌の今年号に載っている、最後のお店だ。見つける前に、シャトルのなかか、月の上で、父が死んだらいいのかもしれない。隠れ家的布屋さんを探しているときが、父はいちばん楽しそうだから。

植物って知ってる?

だれかが——たとえばあなたが、植物って知ってる? と死ぬ間際にいったらしい。あなたを取り囲んでいた人たちはもじもじ出したが、なぜもじもじしているのかわからなかった。

まず医者が、腕の内臓時計を見ようと白衣の袖をまくったときだ。右手が左手首の脈に触れた。たくさんの脈や心音をきいてきた彼女は、自分の手首が内側から奇妙に振動しているのを見逃さなかった。いったいこれはなに? 彼女は問題を先送りにして、あなたの首のタグを外し、死亡時刻をみんなにいった。たとえばいま、この時刻。

あなたと遺族たちを送り出すと、医者は左手首を耳にあてた。なにかが踏まれる音がするので、医者は同僚の整形外科医に診てもらうことにした。なんともないよ、と彼は笑いながらいったが、再起動をしても彼にはなにかが折れる音が彼女の手首からきこえてきたので、自分たちを勇気づけるジョークでもいおうと、自分の手首を耳にあててみた。整形外科医はショートしそうになった。

きこえるんでしょ。医者は同僚の手首を摑み、きいてみた。かさこそしてる。あ、ポキっていった。なにか、息みたいな音もする。医者がそういう声は、院内でだれも聞いたことがないほどほがらかだった。同僚も彼女の手首を取って耳にあてつづけてみた。落ち着くね。こわいけど、落ち着くね。

数日もしないうちに、病院を出入りするだれもが、手近なだれかと組になって、手首の音を聞き合うようになった。落ち着くね。

その頃、あなたの棺桶のまわりを無数の人たちが取り囲み、伸ばされた無数の手があなたの輪郭に沿われていた。葬儀の疲労で熱を帯びた手首から伝わるその音が、芽が生え、茎が伸び、葉が踏まれ、茎が折れ、種を落とし、花が咲くときの音だということを、そのときはあなただけが知っていたけど、ちょうど私の姉が新型の赤ん坊を抱いて退院した頃から、みんな見たことがない植物というものを、自分や他人の手首に思い出すようになって、私たちがつくられる以前のことを考えるようになった。そこは植物だらけで、昔の人たちは平和だったかな。植物を見てみたいって、だれもが願ったけど、私たちの手首でする音は、皮膚を破って生えてくることができないようなので、私はこんど実際に音を見てみようかと思っている。音といっしょに、私の赤や青や黄色の配線が手首の切り口から空に立ちのぼって形になって、きれいだってほめられるかもしれない。

仕事をやめる

私は忍者で、すごいのだけれど、あんまりみんな信じない。忍者です、と私がいうと、みんなはにやにやしたり、ぽかんとしたり、私のことを映画村みたいなところで働いているひとなんだと思って会話をつづける。名刺を渡すとよろこんでくれる。手裏剣のかたちをしているからだ。一枚30円もする。「一枚30円もするんだって」とみんなは、私の名刺を友だちに見せびらかしたりSNSにあげたりする。勝手にそういうことはしないでほしい。電話が鳴る。非通知。公安警察からだ。

私は公安警察の協力者をしていた。身体能力を活かしてテロを未然に防ぐのだ。秘密だよ。走っていると指紋の溝のなかを空気が通っていくのを感じる。あそこの電柱から私に向かって飛んでくる虫の羽ばたきの回数がわかる。急に降り出した雨がとてもゆっくりに見える。ひと粒もあたらないルートで現場に到着することが私にはできる。テロリストはたとえば清掃員や配管工事や電気修理業のトラックに乗り、なにかの作業着を着ていることが多い。作業着を着ているとだいたたい怪しまれずにどの建物にも入ることができる。私は忍者の格好をしているので、だいたい警備員に止められる。私は警備員を的確で鮮やかな手刀で気絶させる。だれがテロリストかわからないので、作業着を着たすべての人物を排除していく。見かけたドローンをすべて吹き矢で射落とす。それでお金がもらえる。カフェのフリーワイファイはハッキングに利用されるから注意すること。そんな日常が、いつまでもつづくのだと思っていた。

ある日、私は娘といっしょにトイザらスにきていた。トイザらスは閑散としていた。おかげで娘はフラフープを目いっぱい自由に使うことができた。「ママ。わたしセクシーでしょ」娘が腰をぐねぐねさせながらいう。「これ百個ほしいな。そしたらわたしカラフルになって、パパが見つけやすいかも」私は涙ぐんでしまう。トイレに駆け込む。娘の父親はひどい差別主義者で、別れたあとに娘が生まれた。娘には父親も忍者で、極秘任務のために姿を消しているのだとうそをついている。私が忍者だとわかるとあの男は「きみがふつうじゃないだなんて」といった。「今からでも遅くない。病院にいって治療してもらおう」といった。殴ってやった。トイレから戻ってくると、円筒のかたちをしたカラフルな物体があった。そのなかからくぐもった声がした。「ママ〜。パパ〜」娘だった。足の爪先からつむじまで、いくつものフラフープを自分の体にしていた。娘が父親を恋しく思っている。私は心がちぎれそうだった。電話が鳴った。非通知。公安警察からだ。「私」と私はいった。「私、この仕事やめます。娘とずっといっしょにいたいんです」

娘からフラフープを外していった。「レナ、見てて」と私はいった。私は一本のフラフープを腰で回した。それから忍術で分身した。「ほら、百本」と私はいった。「ママが百人。レナのことをもっと守れるよ」

斧に白いサインペンで名前を書く

斧に白いサインペンで名前を書く。「ひ」「ろ」「ふ」「み」ひろふみ。

これはお兄ちゃんだ。斧になった。ぜんぜん、斧ってタイプじゃ、ないのに、さ！ ぐしゃうおおお。腕を振り下ろして薪を割る。せっかく私は斧を持っているので。

い、がい！ だよ、ね！ ぐしゃうおおお。ぐしゃうおおお。薪がきもちよく割れる。私は薪割りの才能があるのかもしれない。もしかしてお兄ちゃん私のために？ 私が、退屈、ひま、何者でもないから。木こりになれっていうのかな。

お兄ちゃんはなにもこたえない。私に黙って、斧になってしまった。

冬休みが終わると学校にいかないといけない。私も、お兄ちゃんも。そして冬休みが終わって、私はリュックに斧を入れて学校に向かった。銃乱射事件から影響を受けた人物だとみなされたらどうしよう。私は中一だけど、三年生の階にいって、B組の教室でリュックから斧を取り出した。これが私のお兄ちゃんです。朝起きたらこうなってました。お兄ちゃんはあんまり学校にいかなかったけれど、でも、あぶないことをしようと思って斧になったわけじゃないと思うんです。だれか、お兄ちゃんの友だちはいませんか？　お兄ちゃんの席はどこですか？　お兄ちゃんを座らせてあげたいんです。長いことリュックのなかに入ってたから、酔ってると思う。

知らない三年生の女のひとがこっちにきて、私にハンカチを渡してくれた。私は泣いてた。お兄ちゃんも泣いてた？　刃が濡れてたから。でもそれは、落ちた私の涙かも。あとで、そのひとが私のＳＮＳに写真を送ってくれた。お兄ちゃんが椅子に立てかけられて授業を受けてる様子の写真。うその写真。ほんとは、お兄ちゃんは授業を受けてない。一時間目がはじまる前の時間に座っているだけ。どうして教室に斧があるんだ。あぶないでしょうがってお兄ちゃんの先生はいって、お兄ちゃんを撤去した。そのショックで、お兄ちゃんはまた学校にいけなくなった。

次の日に起きたら、お兄ちゃんはチェーンソーになってた。斧からチェーンソー。殺傷能力があがってる。もしかしたら、きのう嫌な目にあったからかもしれない。このままだったら、いずれ銃になっちゃう。

私は木を切る。お兄ちゃんで木を切る。私も学校にいかなくなった。一日中お兄ちゃんを使って木を切っている。こうやって体を動かすのはいいことだ。悲しいのが紛れる。いつかせめて、チェーンソーから斧に戻ってほしい。だから、チェーンソーにはお兄ちゃんの名前をまだ書いてない。

シェルター

父は滅亡に備えた。庭を掘り、地下壕を作り、整備し、発電機を置き、水と食料を蓄えた。父はそのシェルターにたてこもった。一九九九年から、外に出ていない。私は父の姿を見たことがない。私が生まれたのは二〇〇〇年で、七歳の誕生日に母から父のことを聞かされるまで、父は死んだものだと思っていた。

一九九五年から父はシェルターの準備をはじめた。震災やテロが起きた年だった。母は私に、「お父さんに会いたい?」と聞いた。「よくわからない」とこたえると、「そうよね」と母はいった。父は、母と共にシェルターで暮らすつもりだったが、母は拒んだ。「だって、退屈でしょ」母は私にいった。「それに、あんたを妊娠していた」

母はときどき父に会っていた。食糧や水を補給し、着替えを与え、汚物を処理する必要があった。父は母に、いまは何年の何月何日か、地面のプレートの動きは、天体の動きはどうか、大量死が起きた事件はあったかと聞いた。母はラジオのように淡々と、世界中で起きた痛ましいことを述べ上げた。

シェルターは庭の真ん中にあった。分厚くて四角い蓋があり、その周りは黄色いテープで囲まれていた。幼いころ、私はそこに近づいてはいけなかった。「おばけが出るからね」と母にいわれていた。母にとって父は、死人のようなものだったのかもしれない。

父が本当に死んだとき、私は一六歳だった。遺体を発見した母は、救急車を呼ぶよりも前に、父に今日の日付を告げ、いつもの報告をした。私はその様子を部屋の窓から見ていた。太陽の光が母の顔で揺れていた。母は蓋のそばに立って、一時間も二時間もそこから動かず、口だけを動かしていた。

救急隊員に運び出された父は、私が想像していた姿ではなかった。骨のようではなかった。世捨て人のようではなかった。思い出すのが困難な、平凡な顔をしていた。

父が死んだことに、私は悲しくなかった。むしろ、これで母の負担が減るのだと思って、ほっとしていた。父に会いたいと思ったことはない。向こうからも、私に会いたいとはいってこなかった。「会わす顔がなかったんだよ。絶対、あんたに会いたいと思ってたはず」葬儀のとき、母がそういって、棺のなかの遺体の瞼を開けた。私は濁った眼と見つめ合った。

知らないひと

ひどいことばかり起きる。

毎日あまりに疲れていて、ひとが事故や病気で死なないだけでうれしい。地元新聞の訃報欄を見て、八十代とか、九十代とか、寿命で死んだように見えるひとが多いと私は少し元気になる。こんなに生きてくれてありがとう。知らないひと。

石の動画

石の動画を見ると落ち着く。小さい頃、さびしくてたまらなくなった僕に、家族のだれかが石の動画を見せる。展示室のような、四角くて真っ白い、部屋らしき場所に、石がひとつ置かれている。どこにでもありそうな石だ。カメラは石の近くの床に置かれている。石が映っている。それだけだ。何ひとつ微動だにしない。何が起こるわけでもないのに、再生回数はすごくて、何年もの間ライブ中継されている。その動画を見ていると、僕は泣き止む。

僕は一四歳になった。中学二年生の秋だった。転校生がやってきて、僕の隣の席に座った。僕は何もしていないのに、ユウヤくんは僕のことを大好きになった。僕が使っているシャーペンを買い、僕が着ている服を学校に着てきた。僕は同年代の子どもに大好きになられるのははじめてだった。両親以外から大切にされるのは気持ちがよかった。急に、石の動画を見なくてもよくなった。

ユウヤくんは僕と一定のレベルまで仲良くなると、今度は他の男子のことを大好きになった。その子と一定のレベルまで仲良くなると、また別の男子のまねをしだした。それを何回もしているうちにユウヤくんは嫌われはじめた。僕はユウヤくんじゃない男子たちと仲良くするようになった。そっちの方が満足感があった。細かいメッセージやスタンプの送りあいは忙しかった。だいたいが、女の子の話かユウヤくんの悪口だったが、他のひとの、SNSでしか見たことのないひとの悪口をいうこともあった。グループのなかには何人かで配信をしている男子たちがいたので、僕は石の動画のことを聞いてみた。

だれが、何のために撮っているのか知らない？

僕はそう書いたが、既読がつくだけだった。いま、みんなは別の、僕がいないグループで僕の話をしているんだ。みんなに嫌われたくなかった。

一八歳のときに彼女ができた。ふたつ年上のひとで、あんまり会ったことがなかった。あんまり話したこともなかった。だれかとつきあっているということが僕には大事だった。家に呼ばれた。セックスをした。お互いにひとりでいるみたいだった。セックスをしているとき、彼女がアイフォンを取り出して弄りはじめた。僕も自分のアイフォンを触りたくてたまらなくなった。僕は石の動画を見た。四年振りに見ても、何も変わっていなかった。ただ石があるだけだったし、ライブ中継のままだった。「いま、動画撮ってるわけじゃないよね」と彼女がいった。「ちがいます」と僕はいう。彼女に画面を向けて、石の動画を見せた。「あ」と彼女がいう。彼女も同じものを見ていた。僕らはセックスをやめて、もっと大きい画面で石の動画を何もいわずに見続けた。

掃除の時間だった。教室の床を掃いていたハルがとつぜん唸り出した。獣のような声で泣いていた。ハルは紺色のスクールバッグをひっつかみ、両手で掲げ、なにかを掻きむしるように身をくねらせた。踊っているみたいだった。頭上に持ってきた鞄を引き下ろし、ハルは鞄を被った。私たちはハルを見つめた。サイレンのように声を出し続けていた。ハルの制服と手足と首と鞄から垂れた髪の上を、陽の光を浴びた埃がゆっくりずり落ちていた。

掃除のあと、五時間目は歴史の時間だった。

「なんで鞄をかぶってるんですか」先生がいった。

「きのう、飼ってたハムスターが死んだんです」ハルはいう。

「ああ」と先生。「わかります」

授業が終わると、先生がハルを呼び出して、酷だけれど、といった。「酷だけれど、もし今後も鞄を被り続けていたいなら、死んだのはハムスターじゃなくて犬ってことにしてくれる？　犬の方が、説得力があるから」

先生は涙目だった。ハルは頷いた。

ふたりは職員室にいって大人たちに説明をした。きのう、犬が死んだんです。三年前からいっしょに暮していた犬でした。どうしたらいいのかわからない。

同情の気持ちが目に見えるみたいに職員室は静かだった。しばらくして、校長がいった。

「気持ちはわかるよ。なにかに閉じこもってたいよね」

ハルは鞄を被っていたらいいことになった。そして、カウンセラーさんのところに毎日いくようにいわれた。

カウンセラーさんはハルに質問ばかりしてきた。馬鹿にしてる、とハルは思った。何日もハルは黙ったままでいた。それでもカウンセラーさんは質問を続けた。「暗いところが落ち着く？」「鞄のなかはどんなにおいがする？」「鞄を被って、荷物を入れた別の鞄を手に持って歩くのはどんな気分？」「親はなんていってるの？」「犬との思い出を話したくない？」

ハルは返事をしなかったが、代わりにカウンセラーさんから音が聞こえてきた。唾を呑み込む音。鼻水をかむ音。

「ごめんなさい」カウンセラーさんはいった。「去年、わたしも犬をなくしたから」

「お気の毒に」ハルは本心からそういった。「どんな犬だった？」

「それはあなたがこたえてくれる？　あなたの犬はどんな犬だった？」

ハルは犬の話をした。

「わたしと犬は三年間いっしょにいた。でも、あんまり友だちというのではなかったと思う。わたし、話しかけたり遊んだりあんまりしなかったし。視界に入ると、あ、いるな、って感じで。あの子はよく眠ってた。そのままもう起きなくなった。思い出せることがあんまりないのが嫌だと思った。死んでからの方が、わたしはあの子のことを考えてるし、近くにいる」

カウンセラーさんが自分の犬のことを話した。

死因は交通事故。カウンセラーさんが運転していた車に乗っていた。その事故の影響で、カウンセラーさんは左目だけ色が灰色になった。犬の毛の色と同じで、それがつらいしうれしい。

「どれ？」ハルはいった。「よく見えない」

「これ……これ……」カウンセラーさんは、ハルの鞄の側面に開いた目の穴に左目をくっつけた。

「ぴったりくっつけたらなにも見えない」「あ、ああ……ごめん」カウンセラーさんは穴から目を離したり、目を寄せたりするのを繰り返した。「よく見えない」ハルが鞄を脱いだ。ハルとカウンセラーさんの前髪がふわっと浮き上がった。

「鞄はもういいの？」

「わたし、悲しんでるよって、自分に見せたかっただけだから」

きれいな目だと思う、とハルはいった。

サメ友だち

サメにたべられて死にたいという男の子がいて、七夕の短冊にそのことを書いていた。「なんで?」と私は聞いた。そのとき私は中学二年で、彼は小学校四年生だった。短冊は公民館に飾られていて、地区の七夕のお祭りが終わったので、私たちは片付けているところだった。夜九時くらいで、残っている子どもはあまりいなかった。私はちょっとお姉さんみたいな感じで話しかけていて、彼はとげとげした感じでこたえた。

「まほとがサメにたべられて死んだら、まほとのお葬式で笑ってくれるひとがいるかも」

公民館はお通夜やお葬式の会場に使われることもあった。目の前に、私のお葬式が行われているところを思い浮かべた。私は棺のなかにいて、私の顔は左のこめかみから眉間にかけて欠けている。だから、棺にはずっと蓋がされていて、参列者が蓋にあるガラスの小窓から私の顔を覗くとき、傷はうまい具合に棺のなかの花で隠れている。私の傷の詳細は家族しか知らない。でも参列者は私がサメにたべられて死んだことを知っている。ほとんどのひとは悲しんでいるし、私の死に方のために、私に対して憤っているひともいる。でも、なかには、いつ自分が、自分の顔がひとりでに微笑んでしまうかとびくびくしていて、自分がサメにたべられて死んだときのことを想像しているひとだっている。私は死にながら、笑ってくれたらうれしいと思っている。

「すてきな考え方だね」私はいった。

男の子が中学生になると、私たちはよくつるむようになった。ふたりでいる方が都合がいいと思ったからだ。それまで、マホトと私はお互い独自に海にいっていて、サメを呼び寄せるために指先をナイフで切るか犬歯で噛んで血を海に滴らせていた。私たちはふたりとも鬱になりやすく、なるべく悪くないときに死ねるならいつ死んでもいいと思っていて、サメや怪獣などが好きで、そして血を海に滴らせるのをかっこいいことだと思っていた。つるむようになってからは前よりも海にいくようになった。夏、海水浴客でにぎわっているところから少し離れた岩場の影、洞窟みたいなところで、若者ふたりが血を波に落とす。画になっているぞ、と思った。大人になってからは、それを月明りの下ですることができた。

私たちはつきあうのかなと私は二一歳くらいまで思っていた。でも、たぶんない。私たちはこれからもつきあったりはしない。サメにたべられて死にたいだけの関係だ。

お互いに恋人は別にいて、私は三六歳のときに結婚した。結婚相手にはサメ友だちの男の子のことを話していて、はじめのうちはにこにこ笑って送り出してくれたけれど、回数が続くと夫は僕もいきたいといい出した。それはだめだった。夫は私といたいだけで、別にサメにたべられて死にたいわけではなかったからだ。私たちは口論した。ゆっくりと不信になっていった。私たちは離婚して、その八年後に再婚した相手にはサメ友だちのことを話さなかった。なぜならサメ友だちは入院していたから。免疫力が低下し続ける病気で、もう海にはいけなかった。

はじめてお見舞いにいったとき、私は合わせた両手を頭の上で固定してヒレを作り、中腰でぐねぐね歩きながら病室に入っていった。口を大きく開けて、彼を呑み込むふりをした。彼は苛ついた。

「やめろよ」

「ごめん」

「俺こそ、悪かったよ。あんまりサメに似てたから、つい」

そのときから、私たちはサメの話をしていない。もうサメ友だちではない。ただの親友になっている。

親友のお見舞いにいってくると夫にいって、病院にはいかない日がある。私はひとりで海にいって、血を流しながら水のなかにどんどん入っていく。サメがきて、私を連れていってくれたらいいなと思っているけど、私も血も、波ですぐに戻される。

棺のなか

私が高校生になると、近所にコンビニができた。それまで、私が住んでいる町にはなんのお店もなくて、公民館の前に自動販売機がただひとつあるだけだった。その日、私はまだ中学生で、どうしてもファンタのオレンジ味が飲みたかった。自販機まで自転車を漕ぐと、車がたくさんあった。公民館でお葬式が行われているところだった。それ用の提灯や黒と白の幕が玄関に飾られてある。自販機のところからは、自動ドア越しに公民館の廊下しか見えない。静かだ。耳を澄ませば、大広間でお坊さんが木魚を叩く音が聞こえてくるような気がした。いつもより公民館が清潔なように思えて、私は三分くらい、なにを飲むか迷っているふりをして廊下を見ていた。

そのうちに飽きて、ファンタを買った。缶が取り出し口に落ちて、私が身を屈めているときにそのひとたちは廊下に出てきたのだと思う。缶を取り出し、姿勢と視線を戻すと、廊下で喧嘩が起きていた。ひとりの男のひとを、五人がかりで取り押さえて、廊下の奥にある他の部屋に運んでいこうとしていた。髪の毛、黒い服となかの白いシャツ、農業で焼けた肌の色が、ばたばた暴れまわっていた。音は聞こえなくて、映画を見ているみたいだった。

私がこれを飲み終わるのと、あのひとたちが廊下からいなくなるの、どっちが早いかな。気にしながらファンタオレンジを飲んだ。

狭い町なので、いつもとちがうことが起きるとすぐに広まった。あの男のひとは、死んでいるひとの棺のなかに入ろうとしたらしい。「愛ゆえにやで。愛ゆえに」るみこがいった。しずるが頷いた。素敵やん、と私は思った。「こいつといっしょにオレも燃やしてくれ!」めるがいって、あんなが笑い、そのことにさらが顔をしかめた。「でもいいなあ。究極の絆やん。いっしょに棺に入るなんて」私はいった。「でも、あの男のひともあんなに暴れんでもよかったな。世界は、あらかじめ棺のなかやのに」自分でもなにをいっているのかよくわからなかった。でも、すごくかっこいいことをいっていると思った。グラウンドの木陰で、輪になってお弁当をたべているあいだ、話に間が空いてだれも喋っていないときに、私は何度もいった。「世界は、あらかじめ棺のなか」

「うざいって」るみこがきちんとツッコんでくれた。そのあとに、「あんたさあ、あの自販機いくたびに、あの男のひとのこととか、今うちらが話してること、思い出してしまうんちゃうん。大人になってもさあ。ずーっと。ずーっと」

それは本当にそうだなと思った。以来、公民館の前の自販機にいくと、私は自動ドアの向こうの廊下をじっと見るようになった。男のひとが暴れているのが、目に浮かんできそうで。死んだのはちがうひとなのに、幽霊みたいだった。

高校にあがると公民館よりも近いところにコンビニが出来たので、あの自販機にいくことはなくなった。コンビニのなかで、るみこと出会った。高校生になると私たちはなんとなく距離ができた。別に、なにがあったわけでもないのに。

お菓子のところで、るみこがしゃがんでポテトチップスを見ていて、私も同じものがほしかった。なにを話したらいいのか、わからないまま近づいていくと、るみこの首と頭から香水のにおいがしてきた。私が嗅いだことのないにおいだ、そう思うと、さみしかった。私はいつか、あの男のひとのことも、るみこたちと話したことも忘れてしまうんだろうなと思った。そうして、私がたとえば十年後や二十年後、帰省したときにでも、それか、まったく別の場所で、不意に思い出すのだ。中学のとき、公民館でなにかを見たっていうことをあやふやな記憶として。世界は、あらかじめ棺のなかという言葉が喉から出てこなくて、そういうようなものを、感じている。

雷は庭に落ちた

姉は生涯で雷に十七回打たれた。

雷が落ちてくるような天気のとき、姉は外に出た。雨風は姉の悲しみを隠すように強くなり、嵐とともに姉の悲しみも増していった。姉は、知らないひとの身に起きた痛ましい出来事を自分の問題として引き受けた。私と両親は姉の前で話をしなかった。文字通り、なんの話もしなかった。なにかを知った姉が苦しくならないように、私たちは家のなかでひと言も発しなかったが、それでは充分ではなかった。他人の死や、死よりも恐ろしいことが姉の耳に入る。それは防ぎようのないことだった。姉は世の中の恐怖の量を三人分減らした私と両親よりも、会ったこともないひとりのために悲しみを使った。

雷は、姉をリセットさせた。なにもできない自分に憤り、心が暴走しそうになると、姉は家から出て庭を歩き回った。きまって嵐の日だった。私と両親は、姉が家にいないときは言葉を出した。

あるとき、それは言葉ではなく音だった。私は、ここではない場所に引っ越そうよ、といおうとしたのだが、長いこと動かしていない口からは、喉を擦り剝いてしまったような音が出ただけだった。

庭は広かった。街の音は聞こえず、葉のつかない木の枝々の合間を風が引っ掻いていく。土砂降りで消えかかった景色を風が窓に向かって闇にしていく。姉は黒や、赤の、きつい色の服を着て庭を歩き回った。光があり、雷に打たれると、倒れ、目覚めると悲しみは姉から抜けた。けれど、またどこかから姉は知った。絶望を知った。さびしさを知った。

私は雷に感謝していた。姉を一時でも楽にしてくれたことを。

私は雷を憎んでいた。どうして姉を永遠に楽にしてくれないのかと。

姉は雷に十七回打たれた。いくつかの神経は壊れ、動かない筋肉がたくさんあったが、悲しみ、歩き回り、十七回目がきた。姉は目覚めず、もう悲しまなかった。

姉が消えても、雷は庭に落ちた。嵐がおさまったあと、私は外に出て、焦げた地面に触れ、においを嗅ぎ、横たわって目を閉じた。

あそび

土を摑んで空に投げて、ばらばらに散っていちばん高いところまでいった粒々を星にして、地面に落ちたら、それは隕石が落ちてきたということだった。

これは私がしていたあそび。

一度に隕石をたくさん落としたかった。

悲しいことがひとつあると、それまであった楽しいことが死んでしまう。未来の楽しいことを自分から砕くことにまでなる。ころんで、怪我をすると痛かった。だれも見てくれていないのに泣いてる自分が嫌でもっと泣いた。しかも、私だけが悲しいわけではなかった。友だちも親も、知らないひとも、いつも悲しかったのにふつうの顔をしていた。つらいことがあるのは仕方がないこと、みたいにして。つらいことなんて、ひとつもあってはいけない。怪我したり死んだりすることになってるのは、心が潰れたりするのはおかしいから、私は隕石を落としていた。だれひとり苦しみを感じない一瞬で地球を破壊するから、次の世界は学んで、もっとましな仕組みになってほしいと思って。

でも、あそび。私が生きていくために必要だっただけのもの。どうしても必要だったもの。

初出一覧

ビーム　「ほんのひとさじ」vol.7
ムキムキ　「ほんのひとさじ」vol.8
世界ブランコ選手権こどもの部決勝戦　「ほんのひとさじ」vol.6
歯医者さんの部屋　「ほんのひとさじ」vol.5
隠れ家的布屋さん特集２０４９　「ほんのひとさじ」vol.10
植物って知ってる？　「ほんのひとさじ」vol.4
サメ友だち　「三角（青）」
棺のなか　「三角（青）」

大前粟生（おおまえ・あお）

一九九二年兵庫県生まれ。京都市在住。

二〇一六年、「彼女をバスタブにいれて燃やす」がGRANTA JAPAN with 早稲田文学公募プロジェクト最優秀作に選出され小説家デビュー。「ユキの異常な体質 または僕はどれほどお金がほしいか」で第二回ブックショートアワード受賞。「文鳥」で at home AWARD 大賞受賞。

著書に短編集『のけものどもの』（惑星と口笛ブックス）、『回転草』（書肆侃侃房）。

私と鰐と妹の部屋

2019年3月21日　第1刷発行

著　者　大前粟生
発行者　田島安江
発行所　株式会社 書肆侃侃房（しょしかんかんぼう）
〒810-0041 福岡市中央区大名2-8-18-501
TEL 092-735-2802　FAX 092-735-2792
http://www.kankanbou.com
info@kankanbou.com

編　集　池田雪（書肆侃侃房）
DTP　黒木留実（書肆侃侃房）
印刷・製本　シナノ書籍印刷株式会社

ISBN978-4-86385-357-7　C0093

四六判、上製、216ページ　定価：本体1,500円＋税
ISBN978-4-86385-321-8　C0093
装幀・装画　惣田紗希

『回転草』大前粟生

楽しくてばかばかしくて切実な絶望で、今にも破裂しそう。
読んでる私も破裂しそう。せーのでいっしょに破裂したい！

——藤野可織

「たべるのがおそい」で衝撃的な話題を呼んだ「回転草」、
冬休みに母と妹とともに亡き祖父の湖畔の家で過ごした恐怖の日々を描いた「夜」、
キリンになったミカを解体する描写からはじまる「彼女をバスタブにいれて燃やす」、
記録的な吹雪の夜に現れたユキとの氷の生活を綴った「海に流れる雪の音」をはじめとする、愛と狂気と笑いと優しさと残酷さとが混在した10の物語。